D-Day 대한민국

D-Day 대한민국

초판 1쇄 인쇄 2025년 11월 21일
초판 1쇄 발행 2025년 11월 28일

지은이 최형옥
펴낸이 박세현
펴낸곳 서랍의 날씨

기획 편집 곽병완
디자인 김민주
마케팅 전창열
SNS 홍보 신현아

주소 (우)14557 경기도 부천시 조마루로 385번길 92 부천테크노밸리유1센터 1110호
전화 070-8821-4312 | **팩스** 02-6008-4318
이메일 fandombooks@naver.com
블로그 http://blog.naver.com/fandombooks

출판등록 2009년 7월 9일(제386-251002009000081호)

ISBN 979-11-6169-367-5 (03810)

* 이 책은 저작권법에 따라 보호받는 저작물이므로 무단전재와 무단복제를 금지하며, 이 책 내용의 전부 또는 일부를 이용하려면 반드시 출판사 동의를 받아야 합니다.
* 책값은 뒤표지에 있습니다.
* 잘못된 책은 구입처에서 바꿔드립니다.

서랍의날씨는 팬덤북스의 가정/육아, 문학/에세이 브랜드입니다.

D-DAY 대한민국

서랍의날씨

목차

프롤로그 : 두 개의 그림자 7

1부. 게엄의 시작과 위험의 불씨 17

    1. 계엄의 밤
    2. 동기생
    3. 운명
    4. 긴 터널
    5. 보이지 않는 적

2부. 체제의 변화 49

    1. 피로 물든 승계
    2. 독재자의 불안
    3. 남쪽을 향한 움직임
    4. 두 얼굴의 그녀
    5. 포섭
    6. 이중계약

3부. 테러와 오은영의 전향 95

    1. 진실의 조각들
    2. 보안점검
    3. 귀환
    4. 유령 컴퍼니
    5. 의문의 요청
    6. 숨겨진 진실
    7. 망각된 코드
    8. 리사(Lisa)

4부. 약육강식의 세계   153

1. 조작된 균형
2. 다시 움직이는 판
3. 러시아의 판단
4. 중국과 북한의 상호 협정
5. 피터의 메시지
6. 황성찬
7. 마담
8. 브리핑 룸
9. 유령들의 반격

5부. 대규모 테러   215

1. 예고된 위험
2. 현장점검
3. 엇갈린 반응
4. D일
5. 어나니머스
6. 통합방위사태

6부. 국제관계 재편성과 그녀의 죽음   263

1. 군부의 반란
2. 전환점
3. 잔해속에서 피어나는 길
4. 러시아의 중재
5. 밀약의 전환점
6. 마지막 만남
7. 새로운 시작

에필로그 : 진실의 문턱   313

《프롤로그》

두개의 그림자

2024년 12월 3일, 대한민국
서울 도심의 공기가 바뀌었다.
도심 곳곳의 대형 전광판이 일제히 붉은색으로 물들었다.

[긴급 속보] 대한민국 계엄령 선포 – 국회의사당 군부대 통제
[긴급 속보] 국가 비상사태 발효 – 시민 이동 통제령 발표

거리의 시민들은 숨을 삼켰다.
스마트폰을 확인하는 손이 떨렸고, 누군가는 황급히 택시를 잡으려 했다.
경찰들이 국회의사당 주변 주요 도로를 봉쇄하는 동안, 무장한 군인들은 국회 내부로 진입하고 있었다.
공중에는 무장한 군인들을 태운 헬기가 움직이며 불길한 그림자를 드리웠다.
하지만, 이 혼란 속에서도 더 깊숙한 어둠 속에서는 미소를 짓는 자들이 있었다.
그들은 이러한 순간을 애타게 기다려 왔다.

그리고, 두 개의 다른 손길들이 서로 다른 목적을 품고 대한민국을 향해 손을 뻗고 있었다.

10년 전, 2015년. 평양 노동당 청사 지하
"미국이 중국을 움직이게 하려면, 우리를 이용할 수밖에 없지."
김정은의 목소리는 나지막했지만, 방 안의 모든 이들을 압도했다.
"그렇다면, 우리는 그들이 원하는 것을 일부 쥐여주고, 나중을 준비해야 한다."
조선인민군 총정치국, 정찰총국, 35호실, 그리고 핵심 참모들이 앉아 있었다.
그들은 대한민국을 뒤흔들어야 했다.
단순한 전쟁이 아니라, 남한 스스로 무너지는 상황을 만들어야 했다.
그 첫 번째 단계는?
사회 혼란.
"정치적 대립을 심화시키고, 내부 균열을 키워야 한다."
그리고 두 번째 단계는?
전략적 배치.
"우리의 사람들을 남한에 심어라. 지금 당장은 조용히, 그러나 필요할 때 움직일 준비가 된 인물들로."
그 순간, 리주실은 김정은의 앞에 한 파일을 내려놓았다.

오은영.
독일에서 신분 세탁을 마친 특수 인재.
정치외교학과 화학을 연구하며 대한민국을 침투하기에 가장 적절한 인물.
"위원장 동지, 오 동무가 성장하면, 나중에 큰 역할을 하게 될 것입니다."
그리고 또 다른 인물.
황성찬.
그의 손에 쥐어진 것은 단순한 훈련계획이 아니었다.
대한민국 내부에서 혼란을 일으킬 폭약과 화학물질을 조달하고, 혼란을 증폭시킬 계획.
"그들을 통해 남조선 적들에게 내부에서 타격을 가할 준비를 해라."
마지막으로, 김정은은 말했다.
"그리고 나를 위한 길도 열어야 한다."
체제가 무너질 위기가 오면, 살아남아야 하는 건 지도자 자신이었다.

7년 전, 2018년. 뉴욕 한 비밀 모임
고급 호텔 스위트룸, 커튼이 드리워진 방 안.
"중국을 꺾으려면, 명분이 필요하지."
그의 말에, 테이블 주변의 인물들이 조용히 고개를 끄덕였다.
그들은 국가의 공식적인 기관이 아니었다.

하지만, 그들은 미국의 전략을 좌우할 수 있는 자들이었다.

"중국이 대만을 선제공격하도록 유도하려면, 한반도에서 북한이 먼저 움직여 줘야 해."

그가 천천히 말을 이었다.

"북한이 한국에 있는 주한미군을 공격한다면 중국은 필시 우리가 북한에 대해 대응할 것으로 판단할 거란 말이지…."

테이블 한쪽에서 또 다른 목소리가 이어졌다.

"김정은이 움직이게 하려면 뭔가를 던져줘야지. 그리고 그들이 쉽게 움직일 수 있도록 한반도 내부에 혼란도 가중해 줘야겠지요…."

그들은 '정당한 개입'을 위한 판을 짜고 있었다.

"내부의 혼란이야, 대한민국 스스로 만들면 그 기회를 살리면 되지 않을까요? 기회만 잘 포착하면 될 듯합니다."

그러면 북한은 자연스럽게 우리 뜻에 따라 움직일 테고, 중국도 따라 움직이게 될 것이다.

그 순간, 거대한 전쟁의 명분이 만들어진다.

"우리 손에 피를 먼저 묻히면 안 되지."

그는 와인을 한 모금 마시며 조용히 웃었다.

6개월 전, 2024년 11월 20일. 서울 외곽의 비공개 사무실

모니터에는 대한민국 국회의 본회 장면이 실시간으로 중계되고 있었다.

고성과 야유, 책상을 치는 소리, 끊어진 마이크.

국회는 협치의 공간이 아닌 전쟁터처럼 보였다.

침묵 속에서 누군가 입을 열었다.

"우리가 나서지 않아도 되는 상황이 오고 있어."

다른 이가 낮은 목소리로 받았다.

"스스로 무너질 준비를 하면서, 우리의 수고를 덜어주고 있지 않나."

회의실 안의 공기는 차가웠다.

대한민국은 흑백의 전선으로 분열되고 있었다.

타협은 이미 오래전에 사라지고, 대결의 구도로만 변해가고 있었다.

그리고 그 화약고 속에, 불씨 하나만 던져지면 모두가 함께 타오를 듯한 공기.

창가에 선 남자가 말했다.

"스스로 알아서 해주니, 우리는 그냥 구경만 하면 되겠군."

"이럴 땐, 기다리는 쪽이 유리하지."

현재, 2024년 12월 3일. 대한민국 과천

이진성은 늦은 퇴근길에 있었다.

그러나, 멀리서 다가오는 군용 차량이 그의 발걸음을 멈추게 했다.

야간투시경, 방탄조끼, K1 소총.

'이건 훈련이 아니다.'

그 순간, 휴대폰이 울렸다.

정상진

직감적으로 느꼈다. 평범한 전화가 아니다.

"형님…. 큰일 났습니다."

전화기 너머, 정상진의 목소리는 떨리고 있었다.

"계엄령이 선포됐습니다. 그리고…."

그는 잠시 뜸을 들였다.

"… 설악단이 움직였습니다."

이진성의 몸이 순간 굳었다.

설악단….

대한민국에서도 존재를 아는 자가 거의 없는, 어둠 속의 부대.

그들이 움직였다는 건….

이 계엄이 단순한 계엄이 아니라는 뜻이었다.

그는 멀리 보이는 도심의 불빛을 바라보았다.

곧, 그 빛은 꺼질지도 몰랐다.

동시에, 2024년 12월 3일. 베이징 & 평양

베이징.

한 남자가 조용히 스마트폰을 확인했다.

"대한민국, 계엄 선포 확인."

그는 천천히 입꼬리를 올렸다.

"이거, 생각지도 않던 기회가 스스로 굴러들어 왔군."

"이렇게 되면, 우리가 할 일이 줄어들겠지."

그는 창문 너머로 도시의 불빛을 내려다보며 옆에 있는 요원에게 말했다.
"모든 채널 상태 다시 점검해. 가동 준비까지 포함해서."
요원은 고개를 끄덕였다.
"남측 내 연결망, 자산 모두 대기 중입니다."

평양 정찰총국 지휘실.
리주실은 화면에 떠 있는 뉴스 자막을 한참 바라보았다.
"우리가 애타게 만들고 싶었던 상황을, 남조선이 스스로 만들어 주는군요."
그녀는 조용히 웃으며 한 통의 보고서를 덮었다.
곧이어 김정은이 입장했고, 화면을 보며 낮게 중얼거렸다.
"리 동무, 남조선 괴뢰들이 우리가 준비하던 그림보다 더 크게 그리는군."
그는 시선을 옆으로 돌리며 명령했다.
"모든 자산 상태 재확인. 자폭지점, 교란망, 후방 연결선까지."
"기회는, 준비된 자에게만 열린다."
그리고 아무도 눈치채지 못한 채, 더한민국은 조용히 전쟁을 향한 소용돌이 속으로 걸어가고 있었다.

1부.
계엄의 시작과 위험의 불씨

» 계엄의 밤

긴급 속보입니다. 대통령이 전국에 비상 계엄을 선포했습니다!

거리의 대형 전광판에서 흘러나오는 뉴스 속보에 사람들이 멈춰 섰다.

"뭐? 계엄이라고?"

"설마, 쿠데타라도 일어난 거야?" 누군가 중얼거렸다.

지나가던 사람들이 하나둘 휴대폰을 꺼내 들었다. 몇몇은 주저앉았고, 어떤 이는 지나가는 경찰차를 보고 걱정하는 모습을 보이고 있었다.

하지만 이진성은 아직 이 뉴스를 알지 못한 채, 고단한 하루 일을 마치고 과천 숙소로 향하는 길을 재촉하고 있었다.

2024년 12월 3일, 대한민국.

차가운 겨울 공기가 도심을 가득 채우며 이진성의 몸을 감쌌다.

하루 종일 쌓인 피로와 더불어, 어딘가 모르게 불안감이 짙게 드리워지고 있었다.

이유는 알 수 없었다. 하지만 마치 뭔가 거대한 변화가 다가오고 있는 듯한 느낌이었다.

그때, 편의점이 눈에 들어왔다.

차가운 공기가 더욱 강하게 다가왔다. 거리의 고요함 속에서 느껴지는 불안한 기운이 점점 커졌다.

그는 가볍게 캔을 따며 천천히 걸었다.

그때, 멀리서 군용 차량 여러 대가 조용히 도로 위를 질주하며 다가오는 모습이 눈에 들어왔다.

예전의 기억에, 이진성은 걸음을 멈추고 그들을 살폈다.

훈련이라면 경계를 위한 최소한의 무장을 하겠지만, 이들은 완전 무장 상태였다.

야간투시경, 방탄조끼, K1 소총.

보통 야간 훈련이 있을 때 장비를 갖추긴 하지만, 이렇게까지 전투 준비가 된 상태는 아니었다. 이진성의 감각이 경고를 보냈다.

"뭔가 이상한데…."

그가 의아해하며 군부대의 움직임을 따라가던 순간, 익숙한 얼굴이 눈에 띄었다.

박상훈 특전사 대대장.

그는 부하들과 짧은 대화를 나누고 있었다. 이진성은 망설이지 않고 다가갔다.

"박 중령."

박상훈이 흠칫 놀라며 돌아봤다.

"어. 과장님…. 여긴 어떻게…?"

그의 눈빛에는 당황한 기색이 스쳤다. 이진성은 곧장 질문을 던졌다.

"야, 이거 훈련하는 거야? 아니, 훈련이면 왜 실탄까지 다 휴대하고 도심에서 작전을 수행하는 거지?"

박상훈은 주위를 한번 훑어본 뒤 짧게 대답했다.

"과장님, 지금 말할 수 없습니다."

"어? 뭔가 중요한 일인가 보네."

"그리고 과장님, 지금 여기 계시면 안 됩니다. 빨리 돌아가세요. 전화드리겠습니다."

이진성은 그를 빤히 쳐다봤다. 박상훈이 이토록 단호하게 말하는 것은 처음이었다.

"뭔가 다른 일이 있는 거지?"

하지만 박상훈은 더 이상 말을 하지 않았다. 대신 시선을 피하며 빠르게 지휘 차량으로 걸어갔다.

이진성은 가볍게 혀를 차고 다시 군부대를 살폈다.

그 순간, 선관위 건물 근처에서 이상한 움직임이 그의 눈에 들어왔다.

군용 트럭 한 대가 선관위 주차장에 멈춰 있었고, 검은색 가방을 멘 특전사 대원들과 사복을 착용한 사람들이 함께 건물 내부로 들어가고 있었다.

'이건 단순한 훈련이 아니라 뭔가 일이 터진 거야.'

보통 군부대의 작전은 시설 보호가 목적일 경으 건물 바깥 경계에 집중한다. 그런데 이들은 선관위 건물 내부로 가방을 메고 들어가고 있었다.
'설마…. 뭔가를 확보하거나, 조작하려는 건가?'
불길한 예감이 들었다. 그는 더 가까이 다가가 상황을 살펴보려 했다.
그러나, 누군가 그의 앞을 막아섰다.
"누구십니까? 여기서 뭐 하시는 겁니까?"
복면까지 한 건장한 특전사 대원 한 명이 날카로운 눈빛으로 그를 노려보았다.
"그냥 지나가는 길인데. 훈련 중인가요?"
특전사 대원은 아무 대답도 하지 않았다. 대신 단호한 어조로 경고했다.
"여기서 물러나 주십시오."
이진성은 순간 그를 뚫어져라 바라봤다.
보통 시민이 군 작전을 목격한다고 해서 이렇게까지 경계하지는 않는다.
'이건 정말 심상치 않은 일이 있는 것 같군.'
그는 태연한 척하며 고개를 끄덕이고 뒷걸음질 쳤다.
하지만 걸음을 옮기면서도 뒤통수가 서늘했다.
확실히, 누군가가 계속 자신을 주시하고 있었다.
그때 이진성의 주머니 속 핸드폰의 진동음이 울리고 있었다.
정상진, 정보사 출신의 후배였다.
"형님, 뭐 하세요? 큰일 났어요. 우리 대통령님이 계엄을 선포

했어요."

정상진의 목소리는 떨리고 있었다.

상황이 최악으로 치닫고 있음을 직감했다.

이진성은 한동안 말을 잇지 못했다.

계엄이라니, 그게 현실이라고?

"뭐? 계엄…. 확실해?"

이진성은 믿기 어려운 말을 반복했다.

"네, 제가 이런 걸로 이 밤에 장난치겠습니까? 확실합니다. 그리고 설악단도 투입되었다고 합니다. 긴수 형도….'"

정상진은 말을 이어갔다.

"민수?"

이진성은 잠시 숨을 내쉬며 어젯밤 그와 오랜만에 통화를 했던 내용들이 머리를 스쳐 지나갔다.

"민수야, 오랜만이야. 너 요즘 강원도에서 잘살고 있니?"

김민수 잠시 머뭇거리다가 무거운 목소리로 입을 열었다.

"아…. 그게…. 형님, 혹시 서울 근처에 계시면 으늘, 내일 밤은 밖에 안 나가시는 게 좋을 것 같습니다."

"갑자기 무슨 소리야?"

"아닙니다. 그냥…. 제가 괜한 말을 했네요."

김민수와 통화 후, 이진성은 불길한 예감을 느낌을 받았던 것이 오늘의 사건이었다.

"형님, 민수 형도 연락이 안 돼요. 걱정돼서….'"

정상진의 목소리는 더욱 떨려갔다.

이진성은 전화를 쥔 채 침묵했다. 그가 전화를 끊으려던 순간, 방송을 통해 계엄 선포 소식이 흘러나왔다. 그것은 마치 현실이 무너지는 소리처럼, 세상이 무너져 내리는 느낌을 주었다.

"계엄, 선포됐다…."

이진성은 그것이 현실임을 믿을 수 없었다.

그의 몸은 얼어붙었다.

그 모든 것이 일어나고 있는 현실이었다.

그는 마지막으로 아내, 오은영에게 전화를 걸었다.

"여보, 이 시간에 갑자기 무슨 일이야?"

오은영의 목소리에는 의구심이 묻어 있었다.

"지금 연구실이야? 바로 집에 가 줄 수 있지? 이유는 묻지 말고, 바로 집으로 가."

이진성은 말을 더 잇지 못했다.

그의 목소리에는 더 이상 물러설 여지가 없었다. 절박한 상황을 전달하고 있었다.

전화를 끊고 나서, 이진성은 문득 깨달았다.

지금, 이 순간이 그가 경험한 전장의 어떤 상황보다도 더 혼란스럽고 위험하다는 사실을.

그러나 지금은 짙은 안개 속에서 보이지 않는 적과 싸우고 있는 것 같았다.

서울의 아침, 방송을 통해 전해진 대통령의 비상계엄 선포는 전국을 강타했다.

모든 것은 급박하게 돌아갔고, 이진성은 그 변화가 더 이상 되돌릴 수 없는 지점에 다가가고 있다는 사실을 알았다.
거리를 걷는 사람들은 평소와 다름없는 표정이었지만, 그 누구도 정상적인 삶을 살아가고 있는 것 같지 않았다.
이진성은 지금 일어나는 모든 일들이 단순한 사건이 아님을 직감적으로 깨달았다.
그 순간, 그는 잠시 생각에 잠겼다.
그리고 떠오른 얼굴이 있었다.
은영.

» 동기생

2016년 7월, 과천

한여름의 공기는 질식할 듯한 더위로 가득했다.

작열하는 햇볕은 아스팔트를 녹일 듯했고, 빌딩 유리창에 반사된 빛은 눈을 찌를 정도였다.

정부 과천청사 인근, 빽빽한 차량 행렬 속에서 이진성은 에어컨을 최대로 틀고 있었다.

차 안 라디오에서는 폭염 소식과 함께 요란한 정치권 뉴스가 흘러나오고 있었다.

그는 군 내부 교육 프로그램에 소집되어 과천에서 일주일간 머무를 예정이었다.

오전 교육을 마치고 오후 2시에 예정된 초빙 강연까지, 넉넉한 점심시간이 주어졌다.

그 시간 틈을 이용해 그는 오랜만에 연락이 닿은 동기생, 장우진을 만나기로 했다.

정문 앞에서 우진의 이름이 적힌 메시지를 다시 확인한 진성은, 맞은편 카페에 조심스럽게 차를 댔다.

얼마 전, 우진이 전역을 결심했다는 소식을 들었을 때 그는 쉽게 믿지 못했다.

사이버사령부 소속이던 우진은 해킹과 프로그래밍 분야에서 손꼽히는 인재였다.

군 내부에서도 그의 능력은 늘 화제가 됐고, 향후 요직으로의 승진도 유력했다.

그런 그가 왜 스스로 군을 떠나는 걸까?

이진성은 그 답을 듣기 위해 카페 문을 밀고 들어섰다.

에어컨 바람이 순간적으로 그의 이마의 땀을 식혔다.

창가 쪽 테이블, 짧게 자른 머리, 깔끔한 민무늬 셔츠를 입은 익숙한 얼굴이 보였다.

장우진.

예전보다 조금 야윈 듯한 그의 얼굴엔 평소와 다른 그늘이 내려앉아 있었다.

"야, 너 진짜 전역하는 거야?"

"어."

우진은 피식 웃었다.

"이번 달까지만 근무하고 나가."

"도대체 왜? 너 같은 능력자면 여기서 승승장구하면서 잘 나갈 텐데."

이진성은 이해할 수 없었다. 그는 우진의 능력을 누구보다 잘 알고 있었다. 해킹에 있어선 누구도 그의 적수가 될 수 없었다.

우진은 잠시 고개를 숙였다.

"승승장구? 그런 말은 그냥 말뿐이야. 진성아, 네가 HID에서 직접 작전을 뛰고, 그곳에서의 고난을 견뎠겠지만, 나는 매일 같은 자리에서 윗사람 비위 맞추기 위해서 내 자신과 싸우고 있었어. 난 사이버 전장으로 가고 싶었지만, 상급자들은 나에게 사소한 틀 속의 것들만 시켰지."

이진성은 우진의 말에 침묵했다.

그는 우진의 말이 단순한 불만이 아니라는 것을 잘 알고 있었다.

우진은 군에서 자기가 할 수 있는 일을 해야 하는데, 그 일들이 계속해서 제약받으며 좌절감을 느끼고 있었다.

이진성은 그 말을 깊이 새겼다.

"너, 뭔가 다른 이유가 있는 거지?"

이진성이 눈을 가늘게 뜨며 물었다.

우진은 커피를 한 모금 마시고, 잔을 내려놓으며 낮은 목소리로 속삭였다.

"맞아. 국방부 전장망을 테스트 삼아 해킹해 봤어."

"뭐?"

"아니, 군 내부에서도 내 능력을 의심하더라고. 그래서 직접 실험을 해봤지. 아무도 내 흔적을 잡지 못했어. 내가 원하면, 그 어떤 극비 자료도 빼낼 수 있어. 근데 문제는…."

우진이 한숨을 쉬었다.

"그런 능력을 갖춘 사람이, 군에서 어떤 존재로 취급되는지 알겠냐?"

이진성은 직감적으로 깨달았다.

"너, 견제와 감시받고 있구나."
"그래. 그게 내가 전역하는 진짜 이유야."
우진의 목소리는 더 이상 장난기가 없었다.
"내가 사이버사령부에서 했던 실험 중 하나가 있었어. 국방망 해킹, 그리고 특정 인물들의 정보 접근. 근데 그 과정에서, 절대 내가 봐서는 안 되는 정보를 보게 됐어."
이진성의 표정이 굳었다.
"어떤 정보인데?"
우진이 주변을 한 번 훑어보며 조용히 속삭였다.
"남한에서 은밀히 활동 중인 북한 공작원 리스트 관련 자료?"
"뭐? 그런 게 진짜 있어?"
이진성이 몸을 앞으로 기울이며 되물었다.
우진은 천천히 고개를 끄덕였다.
"정보본부 내부에서도 소수만 접근할 수 있는 파일이야. 근데 내가 그걸 열었어."
"북한 공작원이, 여기 활동 중이라고?"
"그래. 그리고…."
우진이 한숨을 쉬었다.
"헌데 암호화 때문에 시간이 없어서 일부만 봤는데 그 파일 속에서 Madam 이라는 이름을 중심으로 남한 내에 정치인, 교수 등등 이름이 있는데 몇 명은 이름이 **로 되어 있더라고."
이진성의 심장이 순간 철렁 내려앉았다.
"마담? 어디서 들어본 것 같은데…."

"야…. 난 이제 그건 모르겠고, 문제는 그런 게 아니야. 내가 그런 능력을 갖고 있어도, 군에선 그런 능력을 쓸 수 없다는 거지. 내가 할 수 있는 일을 군 조직 안에서는 할 수 있는 게 없어. 명령에 따라야 하고, 나의 능력은 제한된 곳에서만 발휘될 뿐이야. 이진성! 너도 정신 똑바로 차리고 군생활 해."

우진은 답답한 듯 아이스 아메리카노를 벌컥벌컥 마시고 내려놓았다.

"군에선 아무리 해도 결국 올라가는 건 그냥 '윗사람'들이 찍어주는 놈들이야. 실력 따위는 중요하지 않아. 위에서 너를 끌어주지 않으면, 올라갈 수 없는 게 군대라는 조직이야."

이진성은 그 말을 듣고, 입을 다물었다. 그도 군에 있으면서 몇 번이고 같은 생각을 했었다.

자신의 실력만으로 진급할 수 없는 현실, 그리고 조직 안에서 밀려 나가는 기분을 알고 있었다.

자유분방하지만 정말 똑똑하고 훌륭한 장교였던 친구가 떠난다는 것에 진성은 씁쓸했다.

"그럼, 너 나가서 뭐 하려고?"

"내 길을 찾을 거야. 이건 단순히 군을 떠나는 문제가 아니야. 내 능력을 제대로 쓸 수 있는 곳에서 내 길을 찾을 거야."

이진성은 잠시 생각에 잠기었다. 그는 우진의 선택을 이해할 수 있었다.

그가 군을 떠나는 이유는 단순한 불만의 표현이 아니었다.

우진은 진정으로 자기 능력을 발휘할 기회를 원했고, 그런 기회를 찾을 수 없었다는 절박한 심정이 그를 밀어붙였다.

그가 떠나는 이유는 결국 '자기 능력을 인정받기 위함과 자유'였다. 자기 능력을 제한 없이 쓸 수 있는 자유, 그가 진정 원하는 길을 가기 위한 자유였다.

"그래, 네가 원하는 길을 찾기를 바란다. 만약 내가 필요한 게 있으면, 언제든 연락해."

이진성은 우진의 새 출발을 응원할 수 밖에 없었다.

우진은 미소를 지으며 고개를 끄덕였다.

"고맙다, 이진성."

두 사람은 짧은 인사를 나누고, 각자의 길을 떠났다.

그들의 대화는 이진성에게 큰 의미를 남겼다.

» 운명

 그리고 30분 뒤, 이진성은 과천 교육시설 인근 도로를 달리고 있었다.
 오전 교육을 마친 그는, 잠시 짬을 내어 동기생 장우진을 만났고, 다시 오후 2시 강연에 맞춰 복귀하던 길이었다.
 차 안의 에어컨은 더 이상 효과가 없었다. 숨이 막힐 듯한 여름의 열기 속에서, 그는 고요하게 도로를 달리고 있었다.
 그때, 앞을 달리던 택시가 갑자기 멈췄다. 이진성은 반사적으로 브레이크를 밟았다.
 평소 같았으면, 아무렇지 않게 차선을 바꿔 지나갔을 것이다.
 그러나 오늘, 그는 이유를 알 수 없지만 그냥 차를 멈췄다.
 마치 무언가에 의해 '멈춰야만 했던 것'처럼 말이다.
 택시 문이 열리고 한 여자가 내렸다.
 순간, 이진성의 시선이 그녀에게로 향했다.
 길게 늘어뜨린 생머리와 단정한 정장 차림, 그리고 뜨거운 햇볕 아래에서도 흔들리지 않는 강한 기운.
 그녀는 도로 옆 빌딩 1층 카페로 천천히 걸음을 옮기고 있었다.

그때, 이진성은 자신의 차를 그대로 세워두고 무작정 그녀를 따라갔다.

'뭐 하는 거지?' 자기도 이해할 수 없었다. 그런데도 발걸음은 멈출 수 없었다.

카페 안은 시원했다.

차가운 에어컨이 그의 땀을 식혀주었지만, 가슴속에서 일어난 뜨거운 감정은 여전히 사그라지지 않았다.

그녀는 창가에 앉아 있었다.

이진성은 잠시 머뭇거렸지만, 결국 커피를 주문한 후 그녀에게 다가갔다.

"실례합니다."

그는 조심스레 말을 꺼냈다. 그의 목소리는 평소보다 미세하게 떨리고 있었다.

그는 직감적으로 느꼈다. 이제껏 생사를 건 작전을 하면서도 느껴본 적 없는 긴장감이 그를 압도하고 있었다.

그녀는 고개를 들고 이진성을 바라보았다. 그녀의 눈빛은 차갑고, 경계심이 담겨 있었다.

"네?"

이진성은 자연스럽게 미소를 지었다.

"혹시 방금 택시에서 내리셨죠?"

그녀의 눈빛이 순간적으로 얼어붙었다. 그리고 대답은 짧고 단호했다.

"그런데요?"

"그냥…. 뭔가 인상적이어서요."

이진성은 말을 덧붙였지만, 말을 꺼내면서도 자신이 왜 이런 말을 하고 있는지 알 수 없었다.

그런 무의식적인 행동이 자신을 더 당황하게 했다.

그녀는 잠시 커피잔을 들고 아무 말 없이 마셨다. 그 눈빛 속에서 그 어떤 반응도 찾아볼 수 없었다.

"죄송하지만, 저는 모르는 사람과 대화 나누는 걸 좋아하지 않아요."

그녀는 정중하게, 그러나 단호하게 거절 의사를 표시하고 있었다.

하지만 이진성은 자기 내면에서 들려오는 말을 무시할 수 없었다.

그는 차갑고 단호한 태도를 마주하면서도, 자신이 왜 이렇게 이 여자를 놓칠 수 없다는 강한 느낌을 받는지 몰랐다.

훈련 중에도, 발표 중에도 그런 긴장감을 느껴본 적이 없었는데, 이런 감정은 처음이었다.

그게 설렘인지 긴장감인지, 자기도 잘 알 수 없었다.

"그럼, 아는 사람이 되면 되겠네요. 저는 이진성이라고 합니다"

이진성은 다시 말을 이었다. 뭔가가 이끌려서였다. 그 어떤 이유도 없이 그 말을 꺼내고 있었다.

그녀는 살짝 미간을 찡그리며 눈썹을 올렸다.

"이런 방식이 자주 통하나요?"

"아뇨. 오늘 처음입니다."

이진성은 빠르게 대답했다. 그는 왜 이런 방식으로 대화를 이어가고 있는지 자신도 알 수 없었다. 그러나, 그는 그만큼 이 순간이 특별하다고 느꼈다.

그녀는 짧게 숨을 들이쉬며 미간을 좁혔다.

"그런데 왜 하필 저한테?"

"그러게요. 왜일까요?"

이진성은 짧게 웃었다.

그의 대답은 겉으로 보기엔 평범했지만, 그의 마음속 깊은 곳에서 무언가가 강하게 흔들리고 있었다. '이건 단순한 우연이 아니야. 이 만남은 반드시 어떤 이유가 있을 거야.' 그는 그런 생각을 떨칠 수 없었다.

그녀는 잠시 말을 멈추고, 다시 한숨을 쉬었다.

그다음에 나온 말은 이전보다 부드럽고, 조금은 해명하려는 듯한 톤이었다.

"오늘은 제가 약속이 있어서, 더는 대화를 못 하겠네요."

그녀는 가방에서 명함을 꺼내 테이블 위에 올려놓았다.

"이진성 씨, 인연이라는 건 억지로 만드는 게 아니죠. 하지만…."

그녀는 가벼운 미소를 지으며 명함을 밀었다.

"제 이름은 오은영입니다. 만약 다시 볼 일이 있다면…. 그때는 자연스럽게 만나겠죠."

그녀는 명함을 밀고 나서 커피를 한 모금 마셨다. 그리고 자리를 일어섰다.

"좋은 하루 보내세요."

그녀는 조용히 자리를 떠났다. 이진성은 여전히 그 자리에 앉아, 그녀가 남긴 명함을 집어 들었다.

그의 손이 미세하게 떨렸다. 명함의 문구가 그의 시선에 선명하게 박혔다.

'한국대학교 정치외교학과 교수, 화학박사 오은영'

이진성은 짧게 웃었다.

그것이 단순한 인연으로 끝나지 않을 것임을 직감적으로 느꼈다.

그는 명함을 다시 한번 들여다보며, 그 순간이 오래도록 기억에 남을 것 같은 강한 여운을 느꼈다.

'이 만남은…. 그냥 스쳐 지나갈 일이 아니다.'

이진성은 설명할 수 없는 확신에 사로잡혔다.

이 만남 뒤에는, 분명히 무언가 더 큰 흐름이 기다리고 있을 것 같았다.

같은 시각, 멀지 않은 건물 옥상

쌍안경을 내린 남자는 천천히 입꼬리를 올렸다.

"첫 조우, 예정보다 빠르지만…."

"… 흐름은 나쁘지 않군."

그는 무전을 끄고, 아무 일도 없었던 것처럼 고개를 들었다.

그들의 운명은, 그렇게 한 걸음 더 가까워지고 있었다.

» 긴 터널

어두운 골목을 걷는 이진성의 발걸음은 묵직하게 땅을 찍었다.

길게 드리운 그림자는 그가 지나갈 때마다 앞서서 그의 길을 인도하는 듯했지만, 그 길은 전혀 환하지 않았다.

오히려, 그의 발걸음 속에서 떠오르는 시간의 무게는 그를 짓눌렀다.

한때 자신이 맡았던 무거운 임무들, 정보병과 장교의 책임이 이제는 그의 등을 더 굳게 짓누르는 듯했다.

그 시절의 자부심, 그가 느꼈던 전율은 이제 그저 아련한 기억에 불과했다.

이진성은 잠시 멈춰 서서 숨을 고르고, 손끝으로 이마에 맺힌 땀을 훔쳤다.

군 시절의 훈련, 그가 쌓아왔던 지식과 경험들이 떠올랐다. 군 생활 간 펼쳐졌던 전투와 작전, 정보 분석을 위한 긴박했던 순간들이 그의 머릿속을 스쳤다.

그때의 그는 자신이 세상의 중심에 서 있는 듯한 기분을 느꼈고, 자신의 존재가 중요한 의미를 지닌다고 믿었다.

그러나 이제 그 모든 것이 손에 잡히지 않는 안개처럼 흐려져 있었다.

"이게 내가 원하던 삶인가?"

이진성은 고요한 밤공기를 가르며 중얼거렸다.

지나가는 사람들의 발소리와 희미하게 들려오는 대화 소리, 그리고 시시각각 변화하는 거리의 풍경이 그의 귀에 들어왔지만, 그 소리들은 그의 마음속 공허함을 채우지 못했다.

그가 여전히 과거의 자신을 그리워하고 있음을 느낄 수 있었다.

그러나 그리움은 이제 단지 무력한 한숨으로만 되돌아올 뿐이었다.

"내가 정말 원하던 건 이게 아닌데…."

이진성은 다시 한숨을 내쉬며, 골목의 끝을 바라봤다. 빛을 잃은 길과 그 위에 흐르는 그림자들이 어둡게 느껴졌다. 그의 일상은, 아무리 그것이 반복적이라 할지라도, 점점 더 지쳐만 갔다. 그가 맡고 있던 임무들이 세상에 아무런 영향도 미치지 못하는 것처럼 느껴졌고, 그를 기다리는 미래는 한없이 멀어 보였다. 철저하게 잊혀 버린 자신의 존재, 그리고 더 이상 과거의 능력을 쓸 수 없다고 느끼는 좌절감은 그를 더욱 힘겹게 만들었다.

그런 그에게, 예상치 못한 전화 한 통이 울렸다.

이진성은 순간적으로 얼굴을 찡그렸다.

화면에 표시된 이름은 '장철진'. 그가 군에서 함께 일했던 후배였다.

이진성은 잠시 망설였지만, 결국 전화를 받았다.

"선배, 오랜만입니다."

철진의 목소리는 여전히 평온했다.

하지만 그 목소리 속에는 분명한 결단이 묻어 있었다.

이진성은 순간적으로 목소리의 미세한 떨림을 느끼며 철진의 말을 기다렸다.

"그래, 철진아, 잘 지내고 있냐?"

이진성은 의식적으로 목소리를 낮추며 물었다.

그동안 그는 사람들과의 소통을 피하려고 했지만, 철진의 목소리 속에서 무언가 중요한 일이 있을 거라는 느낌이 강하게 들었다. 철진과 함께 보냈던 군 시절의 기억들은 여전히 그에게 강렬하게 남아 있었다. 그때의 자신은 어떤 상황에서도 굳건하게 임무를 수행할 수 있다고 믿었고, 철진 역시 그 믿음을 공유했던 동료였다.

"저도 이제 새로운 길을 가고 있습니다. 선배, 그때 우리가 함께 했던 일, 기억하시죠?"

철진의 목소리는 천천히 전개되었고, 이진성은 그 말에 미묘하게 반응했다.

그 말을 들은 순간, 이진성은 그의 가슴속 깊은 곳에서 이상한 불안감이 밀려오는 것을 느꼈다.

철진은 그들에게 맡겨졌던 중요한 임무들을 기억하고 있었고, 그때의 경험들이 그의 일상에 다시 영향을 미치고 있다는 것을 암시하고 있었다.

그러나 그 말속에 무엇이 숨어 있는지는, 그는 아직 알지 못했다.

"기억하지. 그때 정말 고생 많았지."

이진성은 대답하면서도 내심 긴장했다.

그때 전방에서 함께한 임무들은 그의 삶을 정의하는 순간들이었고, 그 모든 과정이 지금의 자신을 만든 밑바탕이었다.

하지만 그 시절을 떠올릴수록, 그는 지금 자신이 지나온 길이 너무 멀고, 돌아갈 수 없는 곳에 있다는 느낌을 강하게 받았다.

철진은 잠시 침묵을 지킨 뒤, 다시 말을 이어갔다.

"선배, 사실 지금 제가 맡은 일이 있어요. 선배가 원래 하시던 분야의 일인데, 아직 정확한 세부 사항은 말씀드리기 어렵지만, 함께 해보는 건 어떠세요?"

철진의 말은 가볍지 않았다.

이진성은 그 말속에서 자신에게 다가오는 어떤 중요한 변화의 조짐을 느꼈다.

'과거로 돌아갈 기회가 온 걸까?'

그 순간, 그는 과거에 자신이 해왔던 일들이 여전히 그를 필요로 한다는 희망을 품기 시작했다.

"내가 원래 하던 일이라고?"

이진성은 그 말에 잠시 머뭇거렸다.

그는 군을 떠난 후, 자신이 그동안 무엇을 잃었는지, 무엇을 더 이상 할 수 없는지에 대해 깊은 회의를 느꼈다.

그러나 철진의 말 속에서 그가 놓친 어떤 기회를 다시 찾을 수 있다는 가능성도 함께 떠올랐다.

그는 잠시 자신을 되돌아보았다.

"네, 선배가 하시던 그 업무들입니다. 국가와 관련된 중요한 일이에요. 선배가 직접 경험하신 일이기도 하고, 선배의 능력이 필요할 때입니다."

철진은 말을 이어갔다.

그의 목소리는 확신이 있었고, 이진성은 그 확신이 자신에게도 옮겨지는 듯한 기분을 느꼈다.

"정확한 세부 사항을 말씀드리긴 어렵지만, 선배가 함께 한다면 정말 일도 즐겁고, 결과는 분명히 좋을 겁니다. 그리고 지금보다 나은 삶을 살 수 있지 않을까요?"

철진의 말 속에서 그는 무언가 큰 변화를 예감했다.

'지금보다 나은 삶…?'

그 말이 그의 마음을 흔들었다. 그는 잠시 침묵을 지킨 뒤, 입을 열었다.

"그렇다면 좀 더 자세히 말해 봐. 무슨 일을 하자고 하는 건지? 직업은 안정되는 건지?"

"알겠습니다, 선배."

철진은 여전히 차분히 대답했다.

"너무 서두르지 마시고, 전화로 말씀드리긴 제한되니 만나서 구체적인 사항을 말씀드리겠습니다."

전화를 끊고 나서, 이진성은 잠시 길을 멈췄다.

그는 잠시 하늘을 올려다보며 깊은 생각에 잠겼다.

어둠 속에서 비치는 희미한 별빛이 그의 눈앞에 떴다.
그가 선택해야 할 길은 여전히 불확실했다.
그러나 그 길이 그를 다시 일으킬 기회가 될 수 있음을 직감했다.
그는 다시 한번 숨을 깊게 들이쉬고, 한 걸음 내디뎠다.
'좋아, 다시 한번 가보자.'
이진성은 결심을 내린 듯 말했다.
그리고 이미 새로운 길은 출발 할 준비가 되어 있었다.

» 보이지 않는 적

화성시 외곽.

지도에도 제대로 표시되지 않는 한적한 공단 지역, 낮에는 공사장과 물류창고가 드문드문 보이는 이곳은 밤이 되면 기계 소리조차 멎고 정적만이 감돌았다.

하지만 오늘 밤, 공단 한구석에 자리한 허름한 컨테이너 창고 안에서는 바쁜 손길들이 쉴 새 없이 움직이고 있었다.

창고 안의 공기는 화학 약품 특유의 날카로운 냄새로 가득했다.

벽 한쪽에는 **암모늄과 **수소, **세튼이 들어 있는 플라스틱 통들이 가지런히 쌓여 있었고, 바닥에는 고무장갑과 방진 마스크, 정밀 저울, 온도계 등이 어지럽게 놓여 있었다.

작업대 앞에 선 남자들은 한 치의 실수도 용납할 수 없는 긴장감 속에서 조심스럽게 액체를 따르고 무게를 측정하며 비율을 맞춰 나갔다.

"온도 조심해라. 너무 높으면 반응 시작된다."

작업을 지휘하는 듯한 남자가 낮은 목소리로 경고했다.

그의 이마에는 땀이 맺혀 있었고, 눈빛은 날카롭게 빛났다. 그는 과거 중동에서 폭발물 제조 훈련을 받았던 경력이 있는 인물이었다.

그의 옆에서는 다른 남자가 정밀 저울 위에 놓인 하얀 결정체를 신중하게 관찰하고 있었다.

"이거 너무 빠르게 결정화되는 거 아니야?"

"그냥 보이는 대로 하지 말고, 정확한 비율 맞춰. 실수하면 다 죽는다."

TATP. 트라이아세톤 트라이퍼옥사이드.

이론적으로는 단순한 화학반응이지만, 실험실에서 연구하는 화학자들과 달리 이들은 실패하면 곧바로 죽음을 맞이할 수도 있었다.

무엇보다 TATP는 충격과 마찰에 민감하게 반응하는 고위험 폭발물이었다.

마른 장작 위에서 불을 다루는 것이나 마찬가지였다.

조그만 실수라도 발생하면, 이 창고 전체가 불길에 휩싸일 것이고, 흔적조차 남지 않을 것이다.

하지만 이들은 그 위험을 무릅쓰고 이 작업을 반복했다.

이유는 단 하나. 철저한 계획에 따라, 정해진 시기에 정확히 폭발해야 할 장소들이 있었기 때문이었다.

그중 한 명이 제조된 TATP의 일부를 시험하기 위해 조심스럽게 작은 유리병에 담았다.

그리고 철제 컨테이너 한쪽에서 작은 실험을 준비했다.

남자는 긴장된 표정으로 바닥에 놓인 금속판 위에 소량의 TATP를 떨어뜨린 뒤, 마치 마지막 기도를 올리듯 숨을 들이마셨다.

"제발, 제대로 반응해라."

다른 이들도 숨을 죽이고 그 과정을 지켜봤다. 남자가 바늘 끝을 이용해 아주 미세한 충격을 가하자 —

콰앙!

순식간에 번개처럼 퍼진 충격파가 창고를 뒤흔들었다.

금속판 위에서 작은 폭발이 일어나며 섬광이 퍼졌고, 강렬한 소음이 벽을 타고 울려 퍼졌다. 바닥에 있던 도구들이 덜컹거리며 튀어 올랐고, 남자들은 반사적으로 몸을 움츠렸다.

하지만 이들은 예상된 반응이었기에, 오히려 만족스럽게 고개를 끄덕였다.

"됐어. 순도 90% 이상이야."

작업을 지휘하던 남자는 고무장갑을 벗으며 나지막이 중얼거렸다.

"이걸로 충분해."

그들은 이 폭발물이 특정한 날, 특정한 시각에 맞춰 도심 곳곳에서 폭발할 계획을 세워두고 있었다.

하지만 이 위험한 계획을 알고 있는 사람이 한 명 더 있었다.

오은영.

그녀는 이 사실을 알고 있었다.

서울, 모처의 밤늦은 연구실. 오은영은 깊은 밤 연구실에 홀로 앉아 노트북 화면을 응시하고 있었다. 그녀의 손가락은 마우스를 잡고 있었지만, 실제로 무언가를 클릭하지도, 입력하지도 못하고 있었다. 화면에는 암호화된 이메일이 하나 떠 있었다. 발신자의 이름은 없었고, 단순한 숫자로만 구성된 코드가 보였다.

"TATP 제조 진행 중. 목표 지역 설정 완료. 실행일 조율 중."

그녀의 손끝이 차가워졌다.

고성능 폭발물. 조금만 충격을 줘도 순식간에 폭발하는 물질. 그녀는 잘 알고 있었다.

이 폭탄이 사용될 경우, 단순한 사고가 아니라 수많은 사람이 피를 흘리며 희생될 것이라는 사실을.

그녀는 손을 부들부들 떨며 노트북을 덮었다.

거울 속 자신을 바라보았다.

과거 훈련을 받으며 배운 대로라면, 지금 당장 아무 거리낌 없이 계획을 추진하고 있어야 했다.

하지만… '내가 변하고 있는 걸까?'

과거에는 흔들리지 않았다.

그 어떤 명령이 주어져도, 감정을 배제한 채 수행할 수 있었다. 하지만 지금은?

이진성이 떠올랐다.

그는 순수했다. 계산 같은 건 하지 않았다. 그녀를 사랑해 주었고, 그녀를 믿었다.

'그를 속이고 있다.'

그 생각이 들자, 가슴이 조여왔다.

그를 사랑할 자격이 없었고, 그의 사랑을 받을 자격이 없었다.
처음으로 망설임이 그녀를 덮고 있었다.
내면의 갈등과 답답함에 어두운 창가를 내려다보고 있었다.
'예전처럼 명령을 수행할 수 있을까?'
그리고 깊이 숨을 들이마셨다.

2부.
체제의 변화

» 피로 물든 승계

2011년 12월, 평양의 하늘은 잿빛 구름으로 뒤덮였다.

뚝 떨어지는 기온 속에서 얼어붙은 대지가 숨을 죽인 듯 고요하게 펼쳐져 있었다.

한겨울의 바람이 거리를 쓸고 지나가며, 땅에 쌓인 눈은 마치 과거의 흔적을 덮어버리려는 듯 하얗게 빛났다. 하지만 평양의 거리는 차갑고 냉랭한 기운에 휩싸여 있었다.

온 나라가 숨을 죽인 듯, 모든 것이 멈춰 버린 순간이었다.

김정일의 갑작스러운 사망 소식은 그날만큼은 이 나라를 소름 끼치게 했다.

김정일은 단순히 북한의 최고지도자가 아니었다.

그는 한 나라의 정권을 넘어서, 한 민족의 운명을 좌지우지했던 인물이었다.

수십 년간 북한을 이끌어 온 그가 세상을 떠나면서 북한 사회는 마치 거대한 무게에 짓눌린 듯한 느낌을 주었다.

하지만 그가 사망하면서 남겨진 것은 단순히 '그의 죽음'만이 아니었다.

그가 남긴 공백은 '후계자' 문제였다. 북한 내외에서는 이 질문에 대한 답을 구하려 했다.

김정일은 죽기 전까지도 후계자 문제를 명확히 밝히지 않았고, 누구도 그의 사후에 북한이 어떻게 될지 예측할 수 없었다.

내부에서는 한동안 김정일의 죽음을 숨기고 평화로운 모습을 유지하려 했지만,

그 안에서 벌어지는 내막은 전혀 달랐다.

평양은 얼어붙은 정치적 공백 속에서, 그 자리를 채우려는 각축전이 한창이었다.

김정일의 아들 김정은, 김정일의 후계자로 지정되었다는 소문은 있었지만, 실제로 그가 권력을 잡을 수 있을지에 대한 의문은 컸다.

김정은은 단순히 아버지의 뒤를 이어 권력을 잡은 것이 아니었다.

그의 뒤에는 수많은 정치적 권력투쟁이 있었다.

김정일의 사망 직후, 김정은은 그 누구보다도 불안한 상황 속에서 자리를 잡아야 했다.

아버지의 권력 구조는 이미 그를 믿지 않던 군 내부의 여러 세력과 얽혀 있었다.

김정은에게는 숙부인 장성택, 군 관계자들, 그리고 이른바 '군부 세력'들이 그의 자리를 위협하는 존재였다.

그가 권력을 잡기 위해서는, 그리고 그 자리를 지키기 위해서는 수많은 내적 싸움이 있었다.

김정은의 권력이 안정되지 않은 시기, 가장 큰 위협은 바로 장

성택이었다.

 장성택은 김정은의 숙부이자, 실질적으로 북한 내에서 권력을 쥐고 있던 인물이었다.

 그가 맡고 있는 직책은 내각의 제1부 총리였으며, 그 권력은 당시 북한 정치에서 매우 중요한 역할을 했다.

 장성택은 군부와 내각, 그리고 경제계와의 강력한 유대 관계를 통해 이미 여러 세력을 자신에게 묶어두고 있었다.

 장성택은 김정은에게 한마디로 말로 표현할 수 없는 '가시밭길'을 걷게 했다.

 장성택의 세력은 김정은의 리더십을 위협할 수 있었고, 이에 따라 김정은은 그의 존재를 단기간에 제거할 수밖에 없었다.

 이 과정을 통해 김정은은 내부의 반대 세력, 즉 자신이 도달하려는 정치적 정상의 길을 막고 있는 적들을 하나씩 제거했다.

 김정은은 이때부터, 내부의 불확실성과 외부의 압박 속에서 점차 자신의 존재를 확고히 하기 시작했다.

 김정은이 자신의 권력을 단단히 죄아가는 방식은 매우 강압적이었다.

 그는 강성대국이라는 구호를 내걸고, 북한을 강한 국가로 만들겠다고 주장했다.

 그러나 그에게 '강한 국가'는 단지 외부의 적들에게 대항하는 것만을 의미하지 않았다.

 그의 진짜 의도는 바로 내부의 반대 세력과 정치적 적들을 모두 제압하고, 권력을 굳히는 것이었다.

"반역자는 즉시 처형한다."

김정은의 이 명령은 그의 정치적 기반을 더욱 강력히 다지는 데 중요한 역할을 했다.

모든 내부 반대 세력은 철저하게 배제되었고, 김정은의 정적들은 하나둘씩 사라졌다.

이를 통해 그는 실질적으로 북한을 자신의 손아귀에 쥐게 되었고, 그 어떤 반대도 용납하지 않는 체제를 만들어 갔다.

북한 사회는 이때부터 그 어떤 저항도 허용하지 않는, 극도의 억압적 체제로 변모하게 되었다.

그러나 김정은은 외부 세계와의 관계에 대해서는 깊은 고민을 했다.

외부의 경제 제재와 국제적인 고립 속에서, 김정은은 어떻게든 북한을 국제 사회와 접촉하려는 시도를 했다.

외교의 필요성을 절감하고 있었지만, 동시에 외부 세계와의 소통이 북한 체제를 위협할 수 있다는 두려움도 있었다.

어느 날 밤, 김정은은 자신의 집무실에서 한동안 심각한 표정을 지으며 앉아 있었다.

그에게 다가온 김철성, 제1부부장이 문화 교류에 대한 제안을 했다.

"위원장 동지, 북한의 국제 이미지를 바꾸기 위해 문화 교류를 시작하는 것이 어떨까요? 외부와의 관계를 개선하면 경제 제재를 피할 수 있을 것입니다."

김정은은 깊은 생각에 잠겼다.

그는 자신이 고립된 상태에서 살아남기 위해서는 외부와의 접촉이 필수적이라는 점을 알고 있었다.

그러나 동시에 그 접촉이 체제의 위기를 초래할 수 있다는 사실 또한 분명히 인식하고 있었다.

하지만 그는 결국 결정을 내렸다.

"우리가 살아남자면 변화에 순응해야 한다."

그는 그리하여 문화 교류를 허용하기로 결정했다.

이 선택은 외부와의 정치적 소통을 꾀하는 길이기도 했지만, 그만큼 위험한 결정이었다.

김정은은 그 선택이 가져올 수 있는 결과들을 잘 알고 있었다.

체제의 균열을 일으킬 수 있는 기회가 될 수 있음을 그는 직감했다.

하지만 그때부터, 김정은은 더 이상 과거 김정일의 방식을 따르지 않았다.

그는 내부의 압박과 외부의 위협 속에서, 그 어떤 변화도 두려워하지 않겠다는 다짐을 하게 되었다.

'끝까지 버티는 북한'이라는 목표는 그의 마음 속에 뿌리내렸고, 북한은 이제 그의 손에 의해 더욱 강력하고 단단한 요새로 만들어졌다.

김정은이 추진한 문화 교류와 외교적 시도는 점차 세계의 이목을 끌었다.

그러나 그는 여전히 자신에게 숨겨진 두려움을 느끼고 있었다.

외부와의 소통이 북한 체제를 흔들리게 할 수 있다는 불안이 그를 괴롭혔다.

그럼에도 불구하고, 그는 한 가지 확신을 가지고 있었다.

그가 선택한 길이 바로 '강한 북한'을 만들 수 있는 유일한 방법이라고.

"우리는 끝까지 견디며, 우리의 길을 갈 것이다. 그 누구도 우리를 막을 수 없다."

그의 결단은 이제 그 누구도 쉽게 흔들 수 없는 존재로 북한을 이끌어갈 수 있게 만들었다.

그러나 그에게는 여전히 큰 의문이 남았다.

이 길이 정말로 북한을 강한 국가로 만드는 길일까?

아니면 결국 체제를 끝까지 지켜내기 위한 마지막 선택이었을까?

김정은은 이제 단순히 아버지의 그림자를 넘어, 새로운 길을 걸어가기 시작했다.

그는 강한 국가를 목표로, 끝까지 버티는 국가를 만들기 위한 끊임없는 싸움을 이어갔다.

» 독재자의 불안

김정은 위원장의 고립은 어느 날 갑자기 찾아온 것이 아니었다.

외교적 활동을 갑자기 축소하고, 외부와의 만남을 피하는 모습은 점차적으로 나타난 변화였다.

그동안의 외교적 승리에 자부심을 느끼던 김정은은, 점차 체제 내부의 불안정성, 즉 군부 내의 반발, 경제 상황의 어려움, 외부의 압박 등을 점차 실감하게 되었다.

그는 여전히 강력한 지도자로서의 이미지를 유지하고자 했지만, 자신이 갖고 있는 권력의 한계를 명확히 인식하기 시작했다.

그의 심리적 불안감은 점점 커져만 갔다.

"내가 원하는 대로 이 나라를 지배할 수 있을까? 아니면, 나도 결국 그들처럼 처형당하게 될까?"

이런 불안 속에서, 김정은은 점차 자신을 방어하기 위해 더욱 감춰진 행동을 시작했다.

군부와의 밀접한 연계, 외국과의 비밀 접촉 등은 그의 불안감을 해소하려는 한 방법이었지만, 그가 보이는 의심과 불신은 주위 사람들에게 점차 드러나기 시작했다.

"고모부, 당신은 너무 많은 걸 알고 있소."

김정은은 천천히 손짓했다.

두명의 군인이 장성택을 붙잡았다.

그는 몸부림쳤지만 소용없었다.

"나는 반드시 살아남아야 하오. 그런데 위원장 동지, 자네가 그길을 가로막고 있소."

장성택의 비명이 들릴 새도 없이 포탄 소리가 대지를 울렸다.

김정은이 군부와의 관계를 강화하고, 외국과의 접촉을 늘리는 동안, 장성택은 그의 의도를 분석하려고 했다.

장성택은 김정은이 비밀스럽게 움직일 때마다 그를 감시하며, 그가 숨기고 있는 계획을 알아내려 했다.

"그가 무엇을 숨기고 있을까? 그의 힘이 커지기 전에 감시를 늘리고, 나의 존재와 자신의 한계를 명확히 인식시켜줘야겠어."

장성택은 자신이 김정은을 신뢰하고 있지 않았다는 사실을 점차 깨달았다.

장성택은 김정은이 외국과의 비밀 접촉을 통해 새로운 계획을 준비하고 있다는 확신을 갖게 되었다.

"이 자식, 내가 지키려고 한 것을 뒤에서 감추고 있겠군."

장성택은 김정은의 계획을 알아내기 위해 정보망을 더욱 확장하기로 결심했다.

하지만 그가 모르는 사실은, 김정은도 장성택을 비밀리에 감시하고 있다는 것이었다.

김정은은 이미 장성택의 움직임을 파악하고 있었으며, 그가 자신을 위협할 수 있는 존재로 인식하고 있었다.

"내가 이 모든 걸 몰랐겠나? 내가 그를 얼마나 감시했는지!"

김정은은 장성택의 변화와 의심을 미리 알게 되었고, 그에 대한 대비를 시작했다.

"장성택이 내게 무엇을 숨기고 있던지, 내가 먼저 움직여야 한다."

김정은의 마음은 결단을 내리기에 충분히 다져졌다.

이제 그는 더 이상 장성택의 의도를 기다리지 않기로 결심했다.

김정은 위원장은 자신이 먼저 장성택을 제거해야 한다는 결단을 내렸다.

"그가 내 의중을 파악하고 움직이기 전에 내가 먼저 움직여야 한다."

김정은은 곧장 비밀스럽게 장성택을 불러들였다.

그의 손에 쥐어진 권력은 이제 그 누구도 가볍게 넘볼 수 없었다.

밤의 어둠 속에서 이루어진 두 사람의 만남은 외부에는 전혀 알려지지 않게 진행되었다.

장성택은 그 순간, 김정은의 차가운 눈빛을 마주하며 불안감을 느꼈다.

"고모부."

김정은의 목소리는 낮고 차가운 톤으로 들려왔다.

"내가 당신의 모든 움직임을 알고 있었소."

장성택은 이 말을 듣고 한순간 얼어붙었다.

그의 몸은 뻣뻣하게 굳어갔다.

"위원장 동지, 그런 말씀이…. 무슨 뜻인지 잘 모르겠습니다."

그는 더욱 당황하며 말했지만, 김정은은 그에게 더 이상 기회를 주지 않았다.

"장 동무."

김정은은 단호한 어조로 말을 이어갔다.

"내가 동무를 감시하지 않았다면, 동무가 여기 앉아 있을 거라고 생각했소? 내 모든 움직임은 감시의 일환이었고, 동무가 언제든지 제거할 수 있다는 생각을 갖고 있지 않았소?"

장성택은 그제야 상황을 깨달았다.

그의 목소리는 떨리기 시작했다.

"위원장 동지…. 제발…저는…"

그러나 김정은은 장성택의 말을 더 이상 듣지 않았다.

"이제 더 이상 말이 필요 없소. 동무는 이제 사라져야 할 존재요."

장성택은 그 자리에서 더 이상 어떤 반박도 할 수 없었다.

그의 운명은 이미 김정은의 손안에 있었고, 그는 더 이상 이를 피할 수 없었다.

장성택의 숙청은 김정은 위원장의 신속하고 단호한 결단으로 이루어졌다.

그가 장성택을 제거한 뒤, 김정은은 체제 내에서 그를 위협할 수 있는 존재들을 모두 배제하려 했다. 김정은은 '내가 살아남기 위해서는 모든 위협을 없애야 한다.'라는 결심하며, 자신의 권력을 더욱 공고히 하고자 했다.

하지만 김정은의 내면에는 여전히 불안이 자리잡고 있었다.

"장성택을 제거했지만, 내 체제는 어떻게 지킬 수 있을까?"

김정은은 끊임없이 체제의 미래를 고민하며, 그 어떤 누구도 그를 위협할 수 없도록 하려는 방안을 모색했다.

"내가 이 체제를 지키려면 내 생명을 지켜야 한다."

김정은은 권력 유지를 위한 다양한 방법을 구상하면서도, 불안한 마음을 떨칠 수 없었다.

체제의 붕괴를 막을 수 있는 유일한 방법은 그의 생명을 지키는 것이라고 생각했다.

이러한 고민 속에서 김정은은 비밀리에 탈출 준비를 진행하기 시작했다.

"내가 살아남아야만 한다. 그게 바로 내가 체제를 지키는 방법이다."

김정은은 점차 더 철저히 자신의 미래를 대비하고 있었다.

장성택의 숙청은 김정은에게 권력을 더욱 공고히 할 기회를 주었지만, 그가 숨기고 있던 비밀스러운 계획들은 점점 더 치밀해지고 있었다.

김정은은 권력을 유지하는 것뿐만 아니라, 자신과 가족의 생명까지 지키기 위한 복잡하고 교묘한 전략을 구상하고 있었다.

"지금은 체제를 넘어서, 내 생명만큼은 지켜야 한다."

김정은의 계획은 점차 자신이 원하는 방향으로 나아가고 있었다.

그러나 그가 내린 결단들이 모두 올바른 선택이었는지에 대한 의문은 여전히 그의 마음을 괴롭히고 있었다.

» 남쪽을 향한 움직임

김정은은 회의실 한가운데 서 있었다.

창밖으로 보이는 하늘은 흐렸고, 한반도의 운명을 가를 결정이 다가오고 있었다.

그의 눈빛은 매서웠다. 회의실에 모인 이들은 긴장감 속에서 조용히 숨을 죽이고 있었다.

"동무들."

김정은이 입을 열었다. 낮고도 단호한 목소리가 회의실을 가득 메웠다.

"지금까지 우리가 시도한 방법들은 모두 과거의 방식이었소. 하지만 시대는 변했고, 이제는 새로운 전술이 필요하오. 남조선 적들을 단순히 겁주는 것이 아니라, 그들의 정신을 완전히 붕괴시켜야 하오."

그는 한 발 앞으로 다가서며 말을 이었다.

"남조선이 감히 우리를 얕보지 못하도록, 다시는 일어설 수 없도록 만들어야 하오. 이를 위해 이번 작전은 단순한 군사적 행동이 아니라, 그들의 사회 구조 자체를 흔드는 것이어야 하오. 정보전, 심리전, 그리고 실질적 타격을 동시에 가해야 하오."

회의실은 정적에 휩싸였다.

벽에 걸린 시계는 오후 3시를 가리키고 있었다.

김정은은 천천히 고개를 돌려 참석자들을 바라보았다.

"한 달의 시간을 주겠소. 그 안에 구체적인 계획을 수립하시오. 이번에는 결코 실패가 용납되지 않소."

그의 목소리는 냉혹했고, 방 안의 공기가 더욱 무거워졌다.

이곳에 모인 자들은 결코 실패를 용서받지 못하는 사람들이었다.

한 달 후, 같은 회의실

정확히 한 달이 흘렀다. 회의실에는 다시 긴장감이 감돌았다.

김정은은 책상 앞에 앉아 두 손을 깍지 낀 채 깊은 생각에 잠겨 있었다.

벽시계는 다시 오후 3시를 가리키고 있었다.

"자 이제 보고해 보시오."

정찰총국장 리성호가 자리에서 일어나 조용히 말을 꺼냈다.

"위대한 지도자 동지, 이번 작전은 기존의 틀을 완전히 벗어나야 합니다. 따라서, 남조선의 주요 기반 시설을 타격하는 방식으로 계획을 수립하였습니다."

그는 테이블 위에 도면을 펼쳤다.

그 위에는 남한의 주요 전력망과 스카다(SCADA) 시스템이 정밀하게 분석된 자료가 놓여 있었다.

"우리는 먼저 남조선의 전력망을 무력화시키는 것에 초점을 맞추었습니다. 라자루스 조직을 통해 사이버 공격을 감행하고, 동시에 드론을 활용하여 주요 송전 시설을 파괴할 것입니다. 이중 공격으로 남조선은 전국적인 정전 사태를 겪게 될 것입니다."

김정은은 고개를 끄덕였다.

"좋소. 하지만 그것만으로는 부족하오. 혼란을 극대화해야 하오."

리성호는 자신감 있는 목소리로 답했다.

"예, 위원장 동지. 그래서 우리는 또 다른 계획을 준비하였습니다. 중동 지역에서 사용된 화학물질을 기반으로 한 특수 폭발물을 활용할 예정입니다. 이미 695대학에서 특수 공작원들을 양성하고 있으며, 이들은 남조선 내에서 테러를 가장한 공격을 수행할 것입니다."

그 순간, 박기동이 앞으로 나섰다.

"위대한 지도자 동지, 저는 또 다른 방법을 제안하겠습니다. 일본 아새끼들이 2차 대전 중 사용했던 '풍선 공격'을 활용하는 것입니다."

김정은이 흥미를 보이며 물었다.

"풍선 공격?"

박기동은 침착한 목소리로 설명했다.

"예, 위원장 동지. 일본이 과거 미국 본토를 공격하기 위해 포탄을 실은 풍선을 띄운 일이 있었습니다. 그들은 실패하였지만, 우리 공화국은 더욱 정교한 기술을 동원하여 이를 성공시킬 수 있습니다. 풍선에 화학무기나 폭발물을 장착하고, 기상 데이터를 정밀히 분석하여 남조선의 주요 도시에 정확히 도달하게 할 것입니다."

김정은은 잠시 생각에 잠겼다.

"하지만 풍선이 정확히 날아가려면…. 바람이 우리 마음대로 불어 주갔어? 만약 남조선이 아닌 다른 방향으로 흐르게 된다면?"

박기동이 즉시 대답했다.

"기상 데이터 분석을 철저히 하면 문제는 없습니다.

또한, GPS 유도 기술을 도입하여 목표 지역에 정확히 도달하도록 할 수 있습니다. 우리 공화국의 과학기술은 그 어떤 어려운 상황도 극복할 수 있을 것입니다."

김정은은 고개를 끄덕이며 결정을 내렸다.

"좋소. 동무들이 그동안 고민을 많이 한 것 같소. 두 가지 안을 같이 준비하시오. 한 가지 방법에 의존해서는 안 되오. 모든 가능성을 면밀히 고려하여 철저히 준비하시오.

우리 공화국은 결코 실패할 수 없다."

그의 목소리는 한 치의 흔들림도 없었다.

"남조선의 적들이 우리를 결코 무시할 수 없도록, 그들을 철저히 무너뜨려야 한다.

작전 준비 과정은 정기적으로 보고하도록 하시오. 그리고 이번 작전이 끝난 후, 우리는 한반도의 새로운 질서를 수립할 것이다."

회의실은 조용했다.

하지만 그 조용함 속에서, 그들의 계획이 현실로 다가오고 있음을 모두가 직감하고 있었다.

작전의 날이 다가오고 있었다.

한반도의 운명을 가를 그 순간이.

» 두 얼굴의 그녀

평양에서 멀지 않은 한 시골 마을.

오은영은 지극히 평범한 집안에서 태어났다.

아버지는 공장에서 일했고, 어머니는 시장에서 장사했다. 하루 벌어 하루를 사는 곽곽한 삶이었지만, 오은영은 타고난 총명함과 암기력으로 또래 아이들보다 돋보였다.

그녀가 아홉 살이 되던 해, 태양절 행사 준비를 위해 평양으로 동원됐다.

정해진 구역에서 카드섹션을 맞추는 일은 단순하지만, 정확성과 속도가 요구됐다. 모두가 기계처럼 움직이는 가운데, 오은영은 유독 빠르고 정확했다.

교대 시간이 되면 다른 아이들이 녹초가 되어 쓰러질 때도 그녀는 지치지 않았다.

행사의 최종 리허설이 끝난 날, 한 무리의 사람들이 단상에서 아래를 내려다보고 있었다.

그들 중 한 명, 작전부 부부장 리주실이 눈을 가늘게 뜨고 속삭였다.

"저 아이, 데려오라."

그 한마디로 오은영의 인생은 송두리째 바뀌었다.

리주실의 명령에 따라 오은영은 부모도 모르는 사이, 노동당의 '특별 선발 대상'이 되었다.

처음에는 단순한 영재 교육이었다.

암기력 테스트, 외국어 훈련, 심리학 교육 등이 이어졌다.

하지만 시간이 지나면서 훈련 강도는 점점 높아졌다.

그녀는 타인의 행동을 읽고 조작하는 법, 설득하는 법, 잠행술, 미행술, 그리고 은밀한 암살 기술까지 익혔다.

그리고 그들은 어린 그녀에게 절대 헤어날 수 없는 교육을 했다.

"감정은 사람을 나약하게 만드는 약점이다."

교관의 목소리는 차가웠다.

열 세 살, 어린 오은영은 한 치의 표정 변화도 없이 무릎을 꿇고 있었다.

그녀의 앞에는 한 남자아이가 줄에 묶여 있었다.

두 손은 등 뒤로 결박당했고, 입에는 헝겊이 물려 있었다.

겁에 질린 눈빛이 그녀를 향해 애원하듯 쏟아지고 있었다.

"오 동무. 오 동무의 충성심을 보여주시오. 동지들을 버리고 도주하려고 했던 이 간나새끼가 어떻게 되는지 동무들에게 보여주시오."

오은영은 손을 벌벌 떨며 총을 들었다.

표적은 같이 훈련받고 있던 친구였다.

어제까지만 해도 함께 밥을 먹고, 뒹굴며 훈련을 받고, 밤에는 서로를 위해주던 친구였다.

하지만 그는 결국 참지 못하고 탈출을 시도했고, 발각되었다.

그리고 지금, 본보기로 이 앞에서 처형당해야 했다.

'내가 망설이면, 다음은 나와 내 가족의 차례다.'

그녀는 그렇게 배웠다.

감정은 필요 없는 것이고, 망설임은 나와 가족의 죽음을 의미했다.

한참을 머뭇거리던 순간, 교관의 얼굴이 굳어졌다.

"오 동무, 동무도 저쪽으로 가고 싶은기야?"

총구가 그녀를 향하고 있었다.

이제 선택지는 하나뿐이었다.

그녀는 숨을 들이마시고, 방아쇠를 당겼다.

총성이 울리고, 피가 사방으로 뿌려졌다.

친구의 몸은 힘없이 축 늘어졌다. 그 순간, 그녀는 깨달았다.

'나는 사람이 아니야. 나이 이제부터 감정이 없는 그들의 도구일 뿐이야.'

그녀의 표정엔 아무런 변화가 없었다. 교관은 만족스럽다는 듯 고개를 끄덕이고 있었다.

"훌륭하오, 오 동무. 우리 오 동무의 충성심에 박수를 보냅시다."

그리고 그날 이후, 오은영은 더 이상 망설이지 않았다.

또한, 어린 그녀에게 또 다른 시련은 성적인 착취였다.

미모가 출중했던 그녀는 고위층의 관심을 받았고, '당을 위해서'라는 명목 아래 원치 않는 일들을 겪어야 했다.

도망칠 수도, 반항할 수도 없었다.

그들이 가진 힘은 절대적이었고, 그녀가 할 수 있는 일은 오직 버티는 것뿐이었다.

그녀가 17살이 되던 해, 남한으로 침투할 준비가 시작됐다.

먼저 러시아로 보내졌다.

모스크바에서 3년 동안 체류하며 신분 세탁을 했다.

북한에서 길러진 엘리트 요원이었지만, 외부 세계에서 살아남기 위해서는 더 완벽한 커버 스토리가 필요했다.

러시아에서 독일로 이동한 후, 그녀는 독일 교포로 신분이 바뀌었고, 서양의 환경에서 자연스럽게 적응하며 독일어와 영어, 화학 및 국제정치학을 익혔다.

박사 학위까지 마친 후, 마침내 남한으로 들어갈 준비가 끝났다.

그러나 독일에 머물던 어느 날, 그녀에게 지령이 내려왔다.

첫 번째 암살 임무였다.

그녀는 주어진 목표물을 확인했다.

남한 정보기관과 연계된 정치인이었다.

현장에서 직접 처리해야 한다는 명령이었다.

그녀는 잠시 망설였다.

이제까지 배운 모든 기술을 활용하면 목표물을 죽이기는 어려운 일이 아니었다.

친구를 죽여야 했던 그녀이지만, 또다시 아무런 죄 없는 사람을 죽여야 한다는 사실에 손이 떨렸다.

그날 밤, 그녀는 과거의 일이 떠올랐지만 도주할 결심을 굳히고 마지막 점검을 위해 호텔 방을 나서려 했다.

그러나 그 순간, 리주실의 연락이 왔다.

"오 동무! 오 동무가 실수하면, 네 가족도 끝이다."

화면 속에는 피투성이가 된 아버지가 보였다.

그는 마지막 힘을 짜내어 딸을 바라보며 말했다.

"은영아…. 절대…. 당을…. 배신하지 말라….''

그리고 바로 그 자리에서 총성이 울렸다.

아버지는 그녀의 눈앞에서 처참하게 죽임을 당했다.

어머니와 어린 남동생이 울부짖으며 끌려갔다.

그녀의 선택은 하나뿐이었다.

그들의 손아귀에 남은 가족이 있었다. 그녀가 충성을 맹세해야 가족이 살아남을 수 있었다.

그 순간, 그녀는 깨달았다.

선택의 여지는 없다는 것을.

자신이 살아남는 것이 가족을 살리는 길이며, 당을 배신하는 순간 가족은 사라질 거라는 것을.

"오 동무, 당에 절대 충성해야 하오. 지엄하신 어버이 수령님을 위해 공화국의 영웅이 되시오."

"명심하겠습니다, 부부장 동지."

그날 이후, 오은영은 감정을 지우고 오직 명령에 따라 움직이는 공작원이 되었다.

독일에서 마지막 교육을 마친 후, 마침내 남한으로 침투할 준비를 마쳤다.

한국대학교 정치외교학과 교수로 위장한 그녀는 완벽한 생활을 유지했다.

뛰어난 학문적 성과와 세련된 외모 덕분에 학계에서 빠르게 자리 잡았고, 남한 정보기관도 그녀의 존재를 전혀 의심하지 않았다.

2016년 7월 어느 날, 한 남자가 갑자기 그녀의 삶에 들어왔다.

이진성.

우연한 계기로 만난 그는 오은영과 정반대의 삶을 살고 있었다.

올곧고, 정의롭고, 거짓 없는 사람이었다.

그는 그녀를 사랑했고, 그녀 역시 점차 그에게 마음이 끌렸다.

하지만 그녀는 알고 있었다.

자신은 사랑 같은 감정을 가질 수 없는 존재인 것을.

그런데도, 그녀는 그와 결혼했다.

그것이 당으로부터 부여된 그녀의 새로운 임무였기 때문이다.

그녀는 리주실이 고안한 비밀 임무를 위해 남한으로 침투했다.

남한 정보기관들과 접촉해 정보를 빼돌리고, 화학물질을 이용한 폭약 제조, 남한 내 주요한 시설들을 조사하는 것이 그녀의 주요 임무였다.

하지만 남한에서의 삶은 그녀를 조금씩 흔들고 있었다.

처음엔 '당에 절대 충성해야 한다.'라는 생각으로 버텼지만, 시간이 지나면서 자기 삶이 조작된 것임을 자각하기 시작했다.

어느 날 밤, 그녀는 서랍에서 낡은 사진 한 장을 꺼냈다.

어린 시절, 온 가족이 함께 찍은 사진이었다.

밝게 웃고 있는 아버지, 따뜻한 미소를 짓고 있는 어머니, 그리고 천진난만하게 웃고 있는 남동생.

그녀의 손이 떨렸다.

눈물이 사진 위로 떨어졌다.

그녀는 자기 심장이 무언가에 조여 오는 듯한 느낌을 받았다.

그러나 다시 한번 굳게 마음을 다잡았다. 그녀는 북한의 공작원이었다.

그 어떤 감정도 허락되지 않았다.

그 순간, 그녀는 깨달았다.

선택의 여지는 없다는 것을.

자신이 살아남는 것이 가족을 살리는 길이며, 당을 배신하는 순간 가족은 사라질 거라는 것을.

"명심하겠습니다, 부부장 동지."

그녀는 다시 한번 감정을 버리고 오직 임무에 집중했다.

남한에서의 삶은 철저하게 계획된 것이었다.

그녀는 독일 교포 출신의 화학 박사, 오은영 교수로 남한 사회에 스며들었다.

독일 유학을 마친 후, 국가사업에 추천을 받아 한국대학교에 정교수로 들어가며 연구실을 배정받았다.

그곳에서 그녀는 학계와 산업계를 연결하며 남한의 주요 연구자 및 정보원들과 접촉할 수 있었다.

오은영은 흔들림 없는 공작원이었다.

그녀는 오직 명령에 따라 움직였고, 모든 행동은 철저한 계산 아래 이루어졌다.

그리고 어느 날, 군부대 강연 요청이 들어왔다.

오후 2시, 군 간부 대상의 초빙 강연.

그녀는 일정이 이상하리만큼 정확히 맞물려 있다는 사실에 잠시 눈살을 찌푸렸다.

얼마 전 지령과 군부대 교육, 우연이라기엔 너무 치밀했다.

'대상은 정해지지 않았지만…. 혹시 이 일정 자체가 정제된 흐름은 아닐까?'

하지만 그녀는 곧 생각을 지웠다. 임무에 감정은 불필요했다.

그녀가 만나게 된 한 남자, 이진성은 예상치 못한 변수를 만들었다.

이진성은 평범한 남자가 아니었다.

군에서 HID(북파 공작원) 팀장과 정보 분석 장교로 활동하며 북한 및 주요 국가 시설에 대한 표적 분석을 담당했던 인물이었다. 그러나 이제는 과거의 모습을 평범함으로 의장한 여자를 사랑하는 남자였다. 그는 차가운 현실 속에서도 사람에 대한 믿음을 버리지 않았다.

우연히 그녀를 만나고, 맹목적으로 그녀를 사랑하게 되었다.

은영은 그를 처음 마주쳤던 그날을 떠올렸다.

카페에서, 그가 먼저 말을 걸었을 때.

예상치 못한 접촉이었고, 초빙 강연 후 만남 또한 예상보다 빠른 흐름이었다.

그러나…. '이 사람이 나에게 호감이 있는 건가? 포섭 대상의 조건은 충분한가?'

그녀는 속으로 판단하고 있었다.

'그는 그저 다가왔을 뿐이었다. 그녀가 먼저 설계한 적은 없다. 하지만….'

계획은 언제나 유동적이어야 했고, 임무에 도움이 된다면 흐름을 받아들이는 것도 능력이었다.

진성은 처음부터 오은영에 대한 호감이 대단했다.

하지만 시간이 지날수록 그는 오은영에게 더 깊이 빠져들었다.

"오 교수님, 저녁, 같이 하시죠. 독일에서 오래 계셨다니, 한국 음식이 괜찮으십니까?"

처음엔 거절했다.

하지만 그는 쉽게 포기하지 않았다.

그의 진심 어린 태도는 그녀를 혼란스럽게 만들었다.

그녀는 그를 포섭 대상으로 판단하고, 위장 결혼이 임무에 도움이 될 수 있다고 판단했다.

결국 그의 마음을 받아들이는 척했다.

하지만 시간이 지나면서 그녀조차도 알 수 없는 감정이 싹트기 시작했다.

결혼 후에도 그녀는 완벽한 공작원으로 살아가고자 했다.

그러나 이진성은 그녀가 예상했던 것과는 전혀 다른 사람이었다.

그는 의심하지 않았다.

그녀를 감시하거나 분석하지 않았다. 오직 사랑했다.

그녀가 웃으면 같이 웃었고, 그녀가 지쳐 보이던 말없이 손을 잡아주었다.

어느 날 밤, 이진성이 술에 취한 채 그녀를 바라보며 말했다.

"은영아, 나는 네가 어디에서 왔든, 어떤 사람이든 상관없어. 네가 내 곁에 있으면 그걸로 충분해."

그녀는 아무 말도 할 수 없었다.

그는 남한에서 처음으로 자신을 있는 그대로 받아들여 준 사람이었다.

하지만 그녀는 알았다.

이 감정이 위험하다는 것을.

그녀의 임무는 점점 복잡해지고 있었다.

연구실에서 다루는 화학 실험들은 단순한 학술 연구가 아니었다.

북한이 요구하는 특정 화학물질의 개발과 연관된 것들이었다.

그녀는 학계와 산업계를 연결하며 원하는 정보를 빼내고 있었다.

그리고 필요할 때, 특정 인물들을 제거하는 역할도 수행해야 했다.

어느 날, 그녀에게 새로운 지령이 내려왔다.

남한 내 정보기관 요원 한 명을 처리하라는 것이었다.

그는 남한의 대북 공작을 담당하는 핵심 요원이었으며, 최근 북한 공작원의 움직임을 감지하고 있었다.

그의 존재는 그녀에게도 위협이 될 수 있었다.

그러나, 그녀가 움직이기도 전에, 그 요원은 남한 정보기관의 내부 정리 과정에서 스스로 제거되었다. 내부 균열과 정치적 싸움 속에서 그는 희생양이 된 것이다.

뉴스에는 단순한 실종 사건으로 보도되었지만, 그녀는 직감적으로 알았다.

이건 그녀와는 관계없는 일이었다.

그날 밤, 그녀는 거울 앞에서 자기 모습을 바라보았다.

완벽하게 설계된 삶, 철저한 위장, 그러나 이진성의 사랑 앞에서 자신이 조금씩 무너지고 있었다.

그 순간, 그녀는 선택해야 했다.

공작원으로 사는 삶을 지속할 것인가, 아니면 처음으로 인간으로서 살아볼 것인가.

그녀는 단 한 번도 자신의 인생을 살아본 적이 없었다.

그림자와 같이 실체 없는 삶을 살아가고 있었다.

그녀는 천천히 거울에 손을 올렸다.

거울 속에는 두 개의 얼굴이 있었다.

남한 교수 '오은영', 그리고 북한 공작원 '오동무'.

이진성과의 시간이 길어질수록, 두 얼굴 사이에서 그녀는 갈등했다.

'나는 누구인가?'

그녀는 눈을 감고 스스로 물었다.

하지만 그녀는 여전히 충성스러워야 했다.

그녀는 눈을 감고 다시 한번 스스로 다짐했다.

'나는 절대 배신하지 않는다.'

그날 밤, 침대에 누운 그녀는 서랍을 열고 낡은 흑백 사진을 꺼냈다.

사진 속에서 그녀는 행복하게 웃고 있었다.

어린 남동생을 꼭 안은 채.

그녀는 아무 말 없이 사진을 바라보았다.

그리고, 조용히 눈물을 흘렸다.

하지만 그녀는 알지 못했다.

그녀가 따르고 있는 '그 흐름'조차 처음부터 누군가의 의도 아래 놓여 있었다는 것을.

그 모든 기억조차, 언젠가 스스로 편집하게 될 줄은.

언제부터였는지 모르게…. 그녀는 진실을 연기하는 방법을 배웠다.

아니, 이제는 연기가 아니라면 아무것도 남지 않는 자신을 느꼈다.

진성의 눈빛을 떠올렸다. 거기엔 판단도, 의심도, 계획도 없었다.

'혹시, 그와 있는 내가 진짜였던 건 아닐까?'

'그는 나를 사람으로 대해줬다. 하지만 나는, 사람이 아니다. 나는 그림자다. 그가 사랑한 건, 아마도 허상이다.'

"이진성의 눈빛에서 드러난 인간성 앞에서도, 결국 그녀는 그림자로 돌아간다. 그것은 비극이자, 숙명이었다."

그녀는 다시 자신에게 속삭였다.

'나는 절대 배신하지 않는다.'

» 포섭

동해, 한적한 해안선.

밤하늘에 구름이 짙게 깔려 있었다.

검은 슈트를 입은 일곱 명의 남자가 조용히 상륙했다.

그들은 해안경비대의 감시장비를 피하고자 조류와 바람을 이용해 일정 시간 바다에서 대기한 후, 정확한 타이밍에 침투했다.

그들 중 한 명이 조용히 속삭였다.

"남측 초소까지 몇 미터?"

"서쪽 300m. 2분 후 순찰 이동. 지금이 기회다."

그들은 그림자처럼 움직였고, 몇 분 뒤 숲속으로 사라졌다.

잠시 후, 어두운 길가에 멈춰 있는 검은 SUV 한 대.

운전석에 앉아 있던 남자가 그들을 기다리고 있었다.

"기다리고 있었소. 동무들. 어서들 타시오. 도심까지 네 시간 가량 거리요. 고단하셨을 테니 차에서 쉬시오"

차량이 이동하면서, 조수석에 앉은 남자가 가방을 열어 남한에서 사용될 서류와 신분증, 그리고 연락망을 하나씩 배포했다.

"이름과 신분은 다 숙지하셨겠지요?"

차량은 서울 외곽의 한 주택가로 들어갔다.

그곳에는 이미 남한 내 포섭된 정치인, 언론인, 시민단체 관계자들이 기다리고 있었다.

차에서 내린 공작원들을 보며, 한 중년 남성이 말했다.

"이제야 직접 보게 되는군요. 북한 측 요원들과 이렇게 얼굴을 대면하는 건 처음입니다."

공작원 중 한 명이 미소를 지으며 말했다.

"공식적으로 만난 적이 없을 뿐이지요. 이미 우리는 오래전부터 같은 길을 걸어왔습니다."

그는 테이블 위에 서류를 펼쳤다.

"온라인 작업은 정상 진행 중이며, 조만간 군 내부에서도 일부 협조자가 움직일 준비를 마쳤습니다."

한 중년 남성이 노트를 넘기며 말했다.

그는 남한의 언론계에서 이미 중요한 영향력을 가진 인물이었다.

"언론 쪽은 준비되었습니다. 이미 지난 몇 달간 우리는 계엄과 관련된 여론을 충분히 갈라놓았고, 필요한 기사들을 배포할 예정입니다."

공작원은 고개를 끄덕였다.

"좋습니다. 이제 본격적으로 실행에 들어갑니다."

서울, 한적한 카페.

뉴트럴맨은 노트북을 두드리며 최신 유튜브 통계를 확인했다.

구독자 수 120만 돌파.

슈퍼챗 후원금은 하루에 수천만 원이 들어오고 있었다.

그의 앞에는 김정수(박명호)가 앉아 있었다.

"잘 나가고 있군."

뉴트럴맨은 피식 웃으며 말했다.

"아, 정수형 고마워. 요즘 대박이지. 근데 솔직히 말하면, 시청자들이 원하는 건 '진짜 정보'가 아니라, '듣고 싶은 이야기'야."

김정수(박명호)는 담배를 문 채 조용히 그를 바라보았다.

"요즘 돈 좀 되고 있냐? 내 지분은 잘 정리해 놓고 있냐?"

"중요한 건, 사람들이 믿고 싶은 이야기야. 우리는 그 흐름을 만드는 거고. 그리고 거기에 우리는 그 흐름을 타고 약간의 금전적 득을 보는 거고."

"하긴, 뭐…. 어차피 다 장사지. 진실이 뭐가 중요해?"

"그리고 형 지분이야 내가 따로 잘 챙겨놓고 있지. 근데 뭐 또 따끈따끈한 정보 없어?"

그는 가방에서 새로운 USB를 꺼내놓았다.

"이 안에 있는 정보는 군 내부 보고서 일부다."

뉴트럴맨이 파일을 열자, 눈이 휘둥그레졌다.

"군 수뇌부 일부가 계엄 이후의 권력 공백을 준비하고 있다?"

"고위 장교 일부는 '군 내부 개입'을 검토 중?"

뉴트럴맨은 키득거리며 말했다.

"이거 재미있는데? 근데 이거 사실이야?"

김정수(박명호)는 의미심장한 미소를 지었다.

"지금 사실이냐? 아니냐? 이게 중요해. 중요한 건, '사람들이 믿고 싶은 이야기'라는 거지."

뉴트럴맨은 노트북을 덮으며 말했다.

"정수 형, 이런 정보는 어디서 구하는 거야?"

"네가 하기 싫음 관둬라."

"아니, 왜 이래? 누가 안 한다고 했어? 좋아. 이걸 오늘 밤 라이브에서 터뜨린다."

김정수(박명호)는 조용히 미소 지었다.

서울, 모처.

유튜브 라이브가 시작되었다.

"여러분 안녕하십니까? 정치권 뒷이야기를 발로 뛰며 전달하는 '뉴트럴맨'입니다!"

그는 카메라를 응시하며 의미심장한 미소를 지었다.

"오늘은 아주 중요한 정보를 공개하겠습니다. 여러분이 아시는 대로, 대한민국 내부에 '보이지 않는 적'이 존재합니다."

그가 화면에 띄운 것은 PDF 문서.

"이 문서, 보이십니까? 어디서 왔냐고요? 음…. 거기까지는 생략하고…. 생생한 정보만을 여러분께 전달합니다. 우리는 그저, 전달할 뿐이죠."

채팅창이 즉시 폭발했다.

"진짜야???"

"정부가 또 뭘 숨기는 거냐?"

"반역자 색출해야 한다!!!"

뉴트럴맨은 한 박자 쉬고 말을 이어갔다.

"근데 말이죠…. 왜 요즘 유튜브와 언론은 계엄에 대해서 흑백 논리만 강조하고 있을까요?"

"그들이 강조하는 건 단 하나, 계엄이 옳다 VS 계엄이 불법이다. 하지만, 진짜 중요한 건 이게 아닙니다. 왜 이런 논쟁만 반복되는 걸까요?"

그는 시청자들을 유도했다.

"그들이 뭔가를 숨기고 있기 때문 아닐까요?"

그 순간, 온라인에서 '대한민국 내부 간첩설'이 급속도로 확산하기 시작했다.

태국 방콕, 외곽의 은신처.

비 내리는 밤, 방콕의 허름한 건물 안.

탁자 너머로 앉아 있는 남자는 긴장한 듯 담배를 쥔 손을 떨고 있었다.

그는 북한 내부에서도 중급 간부급 정보원으로 활동했던 인물이었다.

그의 이름은 "문동식", 이제는 '탈북자' 신분으로, 가족들과 함께 숨어 있었다.

테이블 반대편에는 국정원의 해외 공작요원(안보협력국 소속)이 앉아 있었다.

"당신이 가진 정보가 뭔데?"

문동식은 조심스럽게 말했다.

"내가 남한에 도착하기 전까지는…. 당신들도 이 정보에 접근할 수 없을 거요."

요원은 서류 봉투를 열어 돈을 확인한 뒤 말했다.

"남한으로 보내주는 건 어려운 일이 아니야. 하지만, 우리가 위험을 감수해야 할 이유가 있어야겠지?"

문동식은 서류 한 장을 건넸다.

그 문서에는 북한 내부에서도 극비리에 진행된 '대남 심리전 공작'의 일부가 포함되어 있었다.

그중 핵심은 바로 '남한 내부에서 확산하는 여론 조작 작전'이었다.

"남한에서 활동 중인 간첩들은 직접 행동하는 게 아니라, 정보전과 심리전을 주도하고 있어. 그들은 유튜버, 언론, 그리고 군 내부까지 장악하려고 한다."

"우리가 보는 뉴스, 유튜브…. 그게 다 진짜라고 생각하면 안 돼."

요원의 표정이 변했다.

서울, 국정원 정보분석실.

"차장님, 태국에서 들어온 정보입니다."

보고를 받은 1차장은 문서를 읽으며 깊은 한숨을 내쉬었다.

"북한이 단순한 침투가 아니라, 내부에서 우리를 흔드는 전략을 쓰고 있다는 거군."

그러나 이번에는 기존과 달랐다.

이전까지 북한의 공작은 특정 인물에 대한 포섭이었다면,
이번엔 '사회 전체를 뒤흔드는 방식'으로 확장된 것이었다.
하지만 국정원 내부에서도 의견이 갈렸다.
"이 정보…. 이상하지 않습니까? 너무 잘 정리돼 있고, 너무 쉽게 들어왔어요. 마치…. 우리가 이걸 보도록 누가 유도한 것처럼."
"말이 됩니까? 지금 유튜브, SNS, 심지어 언론까지 움직이고 있는데…."
"만약 이게 가짜 정보라면…. 우리는 완벽하게 말려드는 겁니다."
1차장은 고민했다.
"이미 주요 언론, 경제계, 정치권이 흔들리고 있다. 우리가 늦었을지도 모른다."
진짜 적이 누구인지조차 헷갈리는 상황.
그것이 바로 박명호(김정수)가 설계한 그림이었다.

서울, 고급 호텔 스위트룸.
박명호는 와인을 홀짝이며 창밖을 바라봤다.
그의 휴대폰이 울렸다.
"박 동무, 진행 상황은 순조롭습니까?"
그녀의 목소리는 차분했지만 단호했다.
박명호는 미소를 지으며 대답했다.
"네, 대한민국 내부는 계획대로 혼란스러워지고 있습니다."

"다음 단계는?"

"여론을 더 갈라놔야 합니다. 서로 공격하게 만들고, 우리가 개입할 명분을 만들어야죠."

그녀의 목소리가 낮아졌다.

"조용히, 그러나 치명적으로 진행하시오."

박명호는 창밖을 바라보았다.

조선 인민민주주의 공화국을 위해 불길을 당길 시기가 도래하고 있었다.

평양, 최고사령부.

김정은은 테이블에 놓인 태블릿을 천천히 덮으며 만족스럽게 웃었다.

"리 동무. 리 동무가 예전에 추천한 그 동무, 아주 잘하고 있구먼. 앞으로 사소한 것들은 마담이 알아서 하시오. 이제 남조선은 스스로 무너질 것이야."

리주실이 고개를 끄덕였다.

"그들이 서로 물어뜯기 시작하면, 다음 단계는 더욱 쉽게 진행될 것입니다."

김정은은 창밖을 바라보며 말했다.

"우리는 단지 방향만 열어줬을 뿐이고, 그들이 알아서 불을 붙이고, 이제는 서로서로 태우고 있어."

김정은은 조용히 웃었다.

"가장 완벽한 공작은, 손대지 않고 무너지게 하는 법이지."

» 이중계약

　오은영은 베이징 서우두 국제공항에 도착하자가자 가방을 단단히 움켜쥐었다.

　공항 내부는 학술 포럼 참석자들과 각국에서 온 관광객들로 붐볐지만, 그녀는 이상하게도 이곳이 낯설게 느껴졌다.

　평소와 같은 출장, 평소와 같은 동선이지만, 오늘만큼은 감시받고 있는 듯한 느낌을 떨칠 수 없었다.

　입국 심사를 마치고 공항을 빠져나오는 동안 그녀는 자연스럽게 주변을 둘러보았다. 익숙한 얼굴은 없었지단, 지나치게 무표정한 얼굴들이 몇 보였다.

　그녀는 서둘러 핸드폰을 꺼내 한국에 있는 이진성에게 짧은 메시지를 보냈다.

　"베이징 잘 도착했어. 주말에 전화할게."

　얼마 지나지 않아 답장이 왔다.

　"잘 다녀와. 무리하지 말고. 사랑해."

　이진성과의 관계는 여전히 애틋했다.

　하지만 그것이 오히려 그녀에게 부담이 될 때도 있었다.

　주말부부 생활을 이어가면서, 그가 그녀를 향해 보내는 변함

없는 애정이 때때로 무겁게 느껴졌다.

비행기 안에서 그녀는 창밖을 바라보며 스스로 질문했다.

"나는 정말 이 삶을 원했던 걸까?"

결혼 후 몇 년이 지난 시점부터 이 질문이 점점 더 선명해지고 있었다.

그녀는 북한에서 주어진 임무를 수행하며 교수로 활동하고 있었다.

하지만 어느 순간부터 임무는 단순한 지시가 아니라, 자신이 북한에서 벗어날 방법을 찾기 위한 과정이 되어 있었다.

겉으로는 충성스러운 척하며 북한이 원하는 정보를 수집하고 보고했지만, 그녀는 동시에 북한이 감추려는 것들을 뒤쫓고 있었다.

누구에게도 말할 수 없는 이 일이 위험하다는 것은 잘 알고 있었다.

그래서일까? 이번 출장은 뭔가 다르다는 느낌이 자꾸 든다. 그녀의 심장이 더 빠르게 뛰었다.

"이번에는, 뭔가를 찾을 수 있을지도 몰라."

2024년 6월, 평양 주석궁

북한의 주석궁 깊숙한 곳, 창문이 두껍게 가려진 회의실 안에서 김정은과 블라디미르 푸틴이 마주 앉아 있었다.

공식적으로는 "포괄적인 전략적 동반자 관계에 관한 조약"을 체결하기 위한 만남이었지만, 두 사람은 측근까지 내보낸 채 마주하고 있었다.

탁자 위에는 북한산 인삼주가 담긴 작은 잔이 놓여 있었고, 방 안은 묘한 긴장감으로 가득 차 있었다.

푸틴은 입꼬리를 살짝 올리며 먼저 입을 열었다.

"김 위원장, 오늘을 기점으로 공식적으로 우리 관계는 한층 더 가까운 사이가 된 거요."

김정은은 찻잔을 천천히 집어 들며 대꾸했다.

"대통령 동지, 그 약속들은 이른 시일 내에 지켜지리라 믿습니다."

푸틴은 흡족한 마음에 고개를 끄덕이고 있었다.

"물론이요. 군사기술 지원과 식량, 에너지 공급을 조속한 시일 내로 지원할 거요. 또한, 북한이 필요로 하는 기타 사항들도 가능할 거요. 하지만 그러려면 북한도 그에 합당한 역할을 해줘야 합니다."

김정은은 잔을 내려놓으며 미소 지었다.

"우리는 언제나 러시아의 친구입니다. 저희도 러시아로 보낼 전사들을 이른 시일 내에 선발하여 비밀리에 이동시키겠습니다."

푸틴은 잠시 생각에 잠긴 듯 보였다.

"음…. 궁극적으로는 중국이 불만을 가질 수도 있겠지만, 북한이 강해지는 것이 결국 우리 모두에게 이익일 될 거요. 중국도 마찬가지고."

그 말의 의미를 김정은은 잘 알고 있었다.

러시아는 북한이 중국과 미국 사이에서 균형을 유지하길 원했고, 북한이 완전히 중국의 손아귀에 들어가는 걸 원치 않는 것이었다.

김정은은 가볍게 미소 지으며 말했다.

"좋습니다. 오늘 조약도 좋았지만, 대통령 동지를 만나 속 시원히 나눈 대화가 더 알찬 것 같습니다. 비공식이지만 반드시 지키겠습니다. 그리고 진정 비밀로 해야 합니다. 중국이 민감해할 테니까요."

푸틴은 만족스러운 듯 자리에서 일어났다.

"좋소. 이른 시일 안에 우리 다시 한번 봅시다. 그땐 내 좋은 걸 선물하도록 하지. 하하하"

이 밀실 회담이 끝난 뒤, 북한과 러시아의 관계는 겉으로는 더욱 공고해졌지만, 그 속에서는 보이지 않는 갈등과 이해관계가 얽히기 시작했다.

김정은은 중국과의 관계도 동시에 유지해야 한다는 것을 알고 있었다.

2024년 11월 말, 평양

푸틴과 김정은의 만남 이후, 중국은 북한이 러시아와 지나치게 가까워지는 것을 불편하게 느끼고 있었다.

결국, 갑작스레 중국의 자오러지 전국인민대표대회 상무위원장이 비밀리에 평양을 방문했다.

평양의 회의실에서 김정은과 자오러지는 마주 앉았다.

자오러지는 뭔가 기분이 좋지 않은 표정이다.

"김 위원장, 요즘 시 주석께서 많이 불편해하고 계십니다. 러시아와 조약도 그렇지만 요즘 우리 중국과 거리를 두고 있는 것 같소."

김정은은 고개를 끄덕였다.

"무슨 말씀을 그리 섭섭하게 하십니까. 제가 주석님께 지금이라도 전화 한번 드려야겠습니다. 하하하"

자오러지는 의미심장한 미소를 지으며 말했다.

"러시아가 북한이 원하는 것 다 주지는 않을 겁니다. 우리와의 관계가 훨씬 더 실질적이고 전략적이지 않소?"

이 말 속에는 경고의 의미가 담겨 있었다.

중국은 북한을 자신들의 전략적 도구로 생각하고 있었고, 북한이 자신들의 영향권을 벗어나려는 것을 용납하지 않으려 했다.

김정은은 이 대화를 통해 중국과의 관계를 표면적으로는 유지하면서도, 러시아와의 협력을 지속할 방법을 모색해야 한다는 걸 깨달았다.

2025년 1월, 베이징 학술 포럼

포럼이 끝난 후, 오은영은 포도주잔을 들고 조용히 주위를 둘러보았다.

그리고 바실리를 발견했다.

그는 러시아에서 신분을 세탁하던 시절, 그녀에게 묘한 호감을 보였던 인물이었다.

"오…. 은영, 여기서 만나다니. 여전히 아름다운걸."

그가 다가와 낮은 목소리로 말했다.

"은영. 너도 들었겠지? 북한 내부에서 뭔가 터지고 있다는걸."

오은영은 표정을 관리하며 되물었다.

"무슨 이야기야?"

"중국에서 북한 간첩 한 명이 미국 스파이와 접촉하려다 발각됐어. 그는 도망치려 했지만 끝내 잡혔지. 공식적으로는 존재하지 않는 인물이지만, 정보계에서도 비밀리에 이미 소문이 퍼졌어."

오은영은 심장이 덜컥 내려앉는 걸 느꼈다.

"그가 무슨 정보를 가지고 있었는데?"

바실리는 고개를 저었다.

"정확한 내용은 몰라. 하지만 북한이 중국까지 쫓아와 그를 죽였다는 게 중요하지 않겠어?"

그녀는 잔을 내려놓으며 생각에 잠겼다.

그날 밤, 그녀는 북한에 평범한 학술 활동 보고서를 올렸다. 하지만 그녀의 머릿속에서는 다른 계획이 돌아가고 있었다. 다음 날 아침, 바실리는 호텔에서 자취를 감췄다.

"이건 단순한 소문이 아니야. 진짜 뭔가가 움직이고 있어."

오은영은 이제 선택해야 했다.

이 모든 것을 계속 추적할 것인가, 여기서 멈출 것인가.

3부.
테러와 오은영의 전향

» 진실의 조각들

2025년 1월 중순, 서울

겨울바람은 한층더 매서워졌다.

거리의 사람들은 급하게 발걸음을 옮기며 저마다의 목적지를 향해 가고 있었다.

이진성은 카페 창가 자리에 앉아, 커피잔에서 피어나는 김을 바라보며 그저 생각에 잠겨 있었다.

지나가는 사람들의 얼굴은 흐릿하게 스쳐 갔고, 그의 머릿속은 떠오르지도 말았어야 할 기억으로 가득 차 있었다.

문이 열리더니, 익숙한 얼굴이 들어왔다.

찬 공기가 들어오며 사람들의 시선이 잠시 흔들렸다.

국정원 과장직을 맡고 있는 최태성.

그가 이진성을 찾은 것이다. 그는 시선이 잠시 주위를 빠르게 훑었다.

이진성은 커피잔을 들었다. 하지만 입을 대지 않았다.

'뭔가 이상하다.' 그의 손끝이 미세하게 떨리고 있었다.

이진성은 별다른 표정 변화 없이 그를 맞으며 말했다.

"과장 승진하셨단 얘기는 들었습니다. 늦었지만 축하드립니다."
"요즘 뭐 하냐?"
최태성이 물었다. 그의 목소리는 다소 무거웠다.
"건설 현장에서 노가다 하고 있죠."
이진성은 피식 웃으며 커피잔을 손에 쥐었다.
"생각보다 그럭저럭 괜찮습니다."
최태성은 잠시 그를 바라보았다.
그의 눈빛은 어딘지 불편한 듯했다. 그리고 곧 자리에서 일어섰다.
"자리 좀 옮기자."
이진성은 그가 급히 자리를 옮기자며 무언가가 있을 거라는 예감을 느꼈다.
그의 태도가 보통과 달랐다. 무언가 긴급한 상황이 진행 중인 것 같았다.
그는 커피잔을 내려놓고, 천천히 따라갔다.

호텔 방

방에 들어서자, 최태성은 문을 닫고 나서도 한동안 말을 아꼈다. 그리고는 곧 입을 열었다.
"지금부터 하는 얘긴 못 들은 걸로 해."
이진성은 미간을 찌푸리며 그를 바라보았다.
이런 말투는 오랜만이었다.
최태성이 이렇게까지 말을 아끼는 건, 이진성이 그동안 많이 겪어왔던 일들이었기에 직감적으로 알 수 있었다. 뭔가 일이 크게 벌어진 모양이었다.

"못 들은 걸로 할 거면 안 하면 되지, 또 무슨 일입니까?"

최태성은 깊은 한숨을 내쉬며 한 걸음 더 가까이 다가왔다.

그는 이진성을 바라보며 눈을 감았다.

"황성찬 기억해?"

그 이름을 듣는 순간, 이진성의 머릿속은 멈춘 듯했다.

황성찬, 그 이름이 떠오르자, 그의 가슴이 짜릿하게 내려앉았다. 몇 년 전 대전에서의 일이 머릿속을 스쳐 갔다. 그 사건은 그에게 잊히지 않는, 그리고 언제나 끊이지 않는 불안감을 남겼던 사건이었다.

대전, 몇 년 전.

정부청사 앞에 놓인 작은 종이 상자. 그 안에 있던 건, 이진성에게도 상상할 수 없었던 물질이었다.

경찰이 처음 그것을 발견했을 때, 그들은 그것이 화학물질인지, 아니면 다른 무엇인지 전혀 알지 못했다. 혼란 속에서 환경부와 경찰이 연락을 주고받으며 그 물질을 다루려 했지만, 그 모든 과정이 늦어져 버렸다.

이진성은 그때 당시, 현장에서 느꼈던 압박감을 아직도 뚜렷이 기억했다.

"이게 뭐지…. 밀가루인가? 아니면…. 탄저균? 아니면…."

그는 그때의 혼란을 떠올리며 침을 삼켰다.

그때, 제대로 된 대응이 없었으면 분명히 큰 사고가 일어날 수 있었다.

하지만 그때는 운이 좋게도 비가 오지 않아서 대형 사건으로 이어지지 않았다.

결과적으로, 시안화칼륨이었고, 그 물질이 어떻게 정부 청사 근처에 놓였는지는 알 수 없었지만, 만약 비가 내렸다면, 몇 명의 목숨이 위험해졌을지 모른다.

그날의 상황은 너무도 끔찍했기에, 이진성은 지금도 그때의 고요한 공포를 똑똑히 기억하고 있었다.

그리고 바로 그때, 황성찬이라는 이름이 다시 떠오른 것이다.

그가 어떻게든 이 사건에 연관되었고, 결국 출국을 했다가 잠잠해진 줄 알았던 그가 다시 돌아왔다니, 그 모든 것이 이진성에게 다시 불안감을 안겨주었다.

"황성찬이…. 다시 들어왔다고?"

이진성은 낮게 속삭였다.

최태성은 고개를 끄덕였다.

"그래. 그리고 그가 이젠 더 큰 일을 벌일지도 몰라."

"그때 경찰에서 처리한 거 아닙니까?"

이진성은 씁쓸하게 말했다.

그 당시 환경부는 정확히 그 물질에 대해 분석하고 처리했지만, 무엇보다 그 물질을 분석한 뒤, 수사는 경찰로 넘겨진 상황이었다.

하지만 이진성은 뭔가 잘못됐다는 느낌을 떨칠 수 없었다.

"그때처럼 수사기관에 넘기면 또 넘어갈 수 있겠지만, 이번엔 다르다. 그때처럼 똑같은 방식으로 처리해서는 안 돼."

최태성은 그의 말에 심각하게 반응했다.

"그럼 뭘 원하는 건데요?"

이진성은 손톱을 물어뜯으며 말했다.

"누군가 잡고 끝내면 되는 거 아니여요?"

"그렇게 간단하지 않다. 이번엔 일이 더 커질 수 있다. 그리고 경찰만으로는 다루기 어려운 일이다." 최태성의 얼굴에 무거운 표정이 가득했다. 그러면서도 갑자기 ….

"너, 철진이 알지?"

이진성은 잠시 멈칫했다.

'장철진?' 그 이름이 떠오르자, 그의 얼굴이 빠르게 스쳐 갔다. 그와 함께한 군 생활들이 떠올랐다.

"장철진…. 잘 알죠. 근데 왜요?"

이진성은 얼핏 웃으며 물었다.

"어. 철진이가 너랑 같이 일하고 싶다고 했더라."

최태성은 잠시 멈추고, 이진성을 바라보며 말을 이었다.

"대공 쪽에서도 네가 필요할 것 같다고 생각하나 봐. 네가 해본 게 많잖아."

이진성은 고개를 끄덕이며 생각에 잠겼다.

"철진이가 저를 추천한다고요? 근데 철진이가 거기 있어요?"

"응. 몰랐어? 그리고 사실, 나도 너를 찾을 수밖에 없더라."

최태성은 어깨를 으쓱하며 말했다.

"네가 해줄 수 있는 게 많다는 걸 알아. 지금 상황에선 널 필요로 할 때가 된거지."

이진성은 한숨을 내쉬었다.

그는 이미 그런 상황에 휘말린 것 같다는 예감이 들었다.

» 보안점검

2025년 3월 초, 서울

아직 꽃샘추위가 한창인 봄으로 접어들고 있는 어느 밤.

서울 강남 한복판의 국정원 청사는 낮의 분주함을 지나, 깊어져 가는 밤에도 여전히 깨어 있었다.

중앙통제실 내부는 다급한 공기와 긴장감이 맴돌았다.

연례적인 보안점검이 예상치 못한 국면으로 치닫고 있었다.

국정원 보안센터의 모니터에는 복잡한 데이터 패킷들이 빠르게 오갔다.

화면 속 수많은 로그 파일과 침입 시도 기록들이 전문가들의 이목을 집중시켰다.

"이건 단순한 사이버 침해가 아닙니다."

국정원 사이버 방첩팀 소속의 한 도원이 분석 결과를 보고하며 말했다.

그의 얼굴에는 다소 흥분과 불안이 뒤섞여 있었다.

"정확히 어떤 침입이 있었나?"

사이버보안팀장이 무거운 목소리로 물었다.

"외부망에서 내부망으로 접근하려는 시도가 있었습니다.

다행히 방화벽이 막긴 했지만, 문제는 그 시도가 단순한 해커들의 장난이 아니라는 점입니다. 목적이 명확했고, 사전 조사도 철저했습니다."

국정원은 국가 주요 인프라 시설과 연계된 보안 시스템을 자체적으로 점검하는 임무를 수행하고 있었다. 이번 점검 대상은 수자원 관리 시스템, 전력망, 교통망, 통신망, 그리고 공공 서비스 네트워크까지 국가 기반 시설의 핵심이 되는 영역들이었다.

보안점검. 처음에는 단순히 순기업무의 하나로 시작된 일이었다.

하지만 소양강 댐의 보안 로그에서 감지된 비정상적인 접근 시도가 이를 완전히 다른 국면으로 만들었다.

소양강 댐 보안 로그에서의 이상 징후

소양강 댐은 국가적으로 중요한 수자원 시설이었다.

수력 발전뿐만 아니라 홍수 조절 기능까지 담당하는 핵심 시설인 만큼, 보안점검은 늘 철저하게 진행됐다.

그러나 이번 점검에서는 기이한 점이 발견되었다.

"비정상적인 접근 로그가 잡혔습니다."

보안점검을 담당하던 분석관이 보고했다.

"IP를 추적해 봤나?"

"해봤습니다.

우선, 첫 번째 문제는 접근 로그가 특정 국가기관의 공식 IP처럼 위장돼 있었다는 점입니다."

"위장?"

"네. 마치 정부 기관 내부망에서 접속한 것처럼 보이지만, 실제 발신지는 해외였습니다. 정교한 스푸핑(spoofing) 기법을 사용했습니다. 단순한 해킹이 아니라, 내부망에 대한 깊은 이해를 한 세력이 개입한 것 같습니다."

화면에는 외부 침입 시도의 흔적들이 정리돼 있었다.

접속 시도는 지난 3개월 동안 반복적으로 이루어졌고, 최근에는 시도 횟수가 급증했다.

"이것만이 아닙니다."

또 다른 분석팀에서 새로운 보고가 들어왔다.

"비슷한 방식으로 전력망 제어 센터, 교통관리 시스템, 통신 기지국에서도 의심스러운 접속 흔적이 확인됐습니다."

모두가 숨을 죽였다.

"동시에 여러 기반 시설에 대한 접근 시도가 있었다고?"

"네. 그리고 중요한 점은, 이게 단순한 해킹이 아니라는 겁니다."

분석관이 화면을 확대하며 말했다.

"보통 해커들은 정보를 빼가거나, 시스템을 마비시키는 것이 목적입니다. 그런데 이번 접근 시도는 다릅니다. 이들은 단순한 데이터 탈취를 시도한 것이 아니라, 시설 내부의 프로토콜을 변경하려고 했습니다."

이 말의 의미는 심각했다.

해커들은 단순히 정보를 빼내는 것이 아니라, 시스템을 직접 조작할 수 있는 권한을 얻으려 했다는 뜻이었다.

국정원 본부 회의실로 사이버보안팀, 대테러센터, 그리고 대공 수사국 관계자들이 긴급히 소집되었다.

책임자인 국정원 2차장이 자리에서 조용히 입을 열었다.

"이 사건을 어떻게 봐야 하는가?"

먼저 보안 팀장이 입을 열었다.

"현재까지의 정황을 볼 때, 단순한 해킹이 아니라, 누군가가 우리의 주요 국가 시설을 직접 통제하려고 시도했다고 봐야 합니다."

"그럼 대테러 사건인가?"

대테러센터 책임자가 방문했다.

"아직 확실치 않습니다."

보안 팀장은 신중하게 답했다.

"이런 방식의 사이버 공격은 보통 국가 간 전쟁 상황에서나 사용됩니다. 하지만 현재로서는 누가 이 일을 벌이고 있는지 정확히 특정할 수 없습니다."

대공 수사국 관계자가 고개를 끄덕였다.

"그렇다면 대공 사건으로 봐야 하는가?"

"문제는…."

보안 팀장이 화면을 넘겼다.

"이 공격 방식이 '국가 주도의 사이버 테러'라기보다는 '비국가 조직'의 활동일 가능성이 큽니다."

"즉, 특정 국가가 아니라면…."

"테러 조직이나, 사이버 용병, 혹은 독립적인 해킹 조직이 연계된 것일 수 있습니다."

책임자는 무겁게 말했다.

"그러면 수사는 누가 해야 하지?"

대테러센터 책임자가 입을 열었다.

"국내 테러 가능성이 크다면 경찰이 맡아야 하고, 대공 사건 역시 대공 수사권을 받은 경찰이 담당해야 하지만…."

보안 팀장은 고개를 저었다.

"그렇게 간단하지 않습니다. 이건 물리적 테러가 아니라 사이버 테러입니다. 경찰이 수사권을 가졌다고 해도, 기술적으로 대응할 능력이 부족합니다. 그리고 현재 사이버 테러에 대한 법적 대응 체계가 완전히 정비되지 않은 상황이라, 경찰과의 공조도 쉽지 않을 겁니다."

"그렇다면…."

국정원 책임자는 무겁게 표정으로 입을 열었다

"우리가 직접 나설 수밖에 없다는 건가?"

회의가 끝나갈 무렵, 국정원 2차장이 무겁게 질문했다.

"막을 수 있나?"

"우리 기술력으로, 이걸 막을 수 있는가 말이야?"

사이버보안팀장이 잠시 망설였다가, 조용히 입을 열었다.

"현재 우리 기술로도 충분히 대응은 가능합니다. 하지만 문제는…. 이게 단순한 공격이 아닐 가능성이 농후하다는 것입니다."

모두가 그의 말을 기다렸다.

"이 공격의 진짜 목적이 무엇인지 모르는 상태에서, 단순한 방어만으로 충분할지 확신할 수 없습니다."

대공 수사국 책임자가 고개를 끄덕였다.

"이 말인즉슨, 우리가 방어에만 집중할 것이 아니라 능동적으로 대응해야 한다는 뜻인가?"

보안 팀장은 조용히 고개를 끄덕였다.

"그렇습니다. 누가 이걸 벌이고 있는지, 그들의 최종 목표가 무엇인지, 먼저 알아내야 합니다."

회의실은 정적에 휩싸였다.

이제 국정원은 방어에만 머무를 수 없었다.

이제, 공격자의 정체를 밝혀야 했다.

» 귀환

2025년 3월, 서울.

이진성은 찬 바람을 맞으며 하던 일용직 일을 그만두고 국정원에 출근하기 전, 아내에게 자신의 취직 사실을 알렸다.

그날 밤, 저녁을 함께 먹으며 오은영은 그가 위험스러워 걱정하던 일을 그만두고 직장에 출근한다는 사실에 대한 궁금증이 일고 있었다.

"어디에 취직했어? 무슨 일하는 건데…."

오은영은 밥을 먹으면서도 계속해서 그에게 물었다.

이진성은 사랑하는 아내이지만 국정원 요원임을 알리는 것이 아내에게 또 걱정하게 할지 싶어, 살짝 당황한 표정을 지었지만, 평소처럼 부드럽게 웃으며 대답했다.

"응. 한국자동차. 회사 보안팀에서 일하게 되었어."

이진성은 정장 차림에 고요한 발걸음으로 국정원 건물의 출입구를 지나쳤다.

긴장된 표정이었지만, 그의 눈빛은 여전히 날카로웠다.

군 복무를 하던 시절과 다른 감각이었지만, 언제나 직선적인 성격으로 그가 맡은 임무를 수행해 왔기에 마음은 가벼웠다.

그러나 이번에는 그가 알던 전장과는 다른 싸움이 펼쳐지고 있었다.

국정원에 출근한 후 첫 번째 날이었다.

복잡하게 얽힌 서울 도심의 바쁜 거리와는 달리, 국정원 본부 앞은 엄숙하고 고요했다.

문을 열자, 익숙한 얼굴들이 기다리고 있었다.

철진과 태성.

이 두 사람은 그가 현역에서 전역하기 전부터 알고 지냈던 사람들이다.

철진은 과거 군에서 같이 근무했던 후배이고, 태성은 국정원 대테러팀의 과장으로 승진한 뒤에도 종종 연락을 주고받던 사이였다.

그들은 이진성을 기다린 이유가 있었다.

"야…. 진성 선배. 사람이 달라졌는데…. 다소 특이한 경로로 들어왔지만, 선배가 여기서 해야 할 일이 많을 거야."

철진이 말을 꺼냈다.

"내 군 경력이 아무 필요가 없을 줄 알았는데…."

이진성은 담담하게 대답했다.

태성은 살짝 미소를 지었다.

"우리 회사엔 너 같은 인재가 필요해. 북한과 관련된 정보를 다룰 수 있는 사람, 그리고 현장에서 실제 경험이 있는 사람. 너 같은 인물은 쉽게 찾을 수 없지."

이진성은 고개를 끄덕였다.

그는 북한 문제와 관련된 정보를 쉽게 다룰 수 있는 전문가였다.

군인 시절, 북파 공작원으로 활동하며 수많은 위험 속에서 사람들을 보호하고 정보를 수집해 온 경험은 그를 독보적인 존재로 만들었다.

"근데 내가 할 수 있는 건 현장 조사와 분석뿐입니다."

이진성이 말했다.

"그거면 돼."

태성이 말했다.

"네가 부족한 부분에 대해서는 또 다른 팀원들이 지원할 거야. 예를 들어 전산 분야 같은 경우, 너와 같이 현장에서 뛰던 사람들을 위해 컴퓨터와 해킹 전문가들도 있어."

이진성은 흥미롭게도 장우진을 떠올렸다.

우진은 그와 함께 군대에서 뛰었던 동기였다.

우진은 그 당시에도 컴퓨터와 해킹에 뛰어난 능력을 보였고, 전역 후엔 구글에 입사했다는 소식을 들은 적이 있었다. '우진이가 여기 있었다면 좋아했겠군.' 이진성은 마음속으로 속삭였다.

이진성은 고개를 끄덕였다.

그동안 기술적 부분에서 부족한 점은 분명히 있었다.

하지만 그는 그것을 채우기 위해 무엇이든 할 준비가 되어 있었다.

그는 대테러와 대북 문제에서 해박한 지식을 갖추고 있었다.

수많은 현장 경험에서 얻은 직관과 분석력은 단연 뛰어났다.

그런 그에게 지금 가장 필요한 것은 현대의 기술, 그것을 통한 분석과 실시간 대응이었다.

'그래, 내일부터 현장 조사 시작해 보자.' 이진성은 결심했다.

"좋아, 근데 먼저 선배가 해야할 첫 임무는 정보 수집이야. 여러 곳에서 수상한 징후들이 감지되고 있는데, 이 사건이 북한과 관련이 있는지, 아니면 다른 대테러 사건인지를 판단해야 해. 우리는 이미 몇 가지 의심되는 사건들을 추적하고 있어."

철진이 말했다.

"우선 우리가 주목하고 있는 건 바로 화학물질과 관련된 의심 인물들이 있다는 거야. 우리가 알고 있는 바로는, 대전에서 있었던 인물이 여러 화학물질을 유령회사로 사들였어. 황성찬, 기억하지?"

태성이 말했다.

"그 황성찬이 얼마 전에 돌아왔다는 걸 우리가 알게 되었어."

철진이 말을 이었다.

"그가 국내에 들어왔을 때부터 우리는 조용히 추적을 시작했어. 그런데 조사해 보니, 그가 지난 2년간 대량의 화학물질을 사들였고, 그것들이 어느 시설에선가 감지되었어."

이진성은 깊은 생각에 잠겼다.

"그럼 경찰이 수사해야 할 거 아닌가?

화학물질에 관한 건 분명히 환경부와 군에서 협력할 수 있지만, 수사 자체는 경찰이 맡아야 하잖아."

"맞아. 하지만 상황이 그렇게 간단하지 않다."

태성이 말했다.

"대공인지? 대테러인지? 대공 수사권이 공식적으로 경찰에 넘어갔지만, 아직 그들이 하기는 힘들어. 그리고 우리가 의심하는 건, 황성찬의 뒤를 따르는 세력들이 이 사건과 연관될 가능성이 높다는 거야. 그가 단독으로 움직이는 게 아니라, 여러 명이 연관돼 있다는 얘기도 있어. 우리는 대공팀과 협력해서 신속하게 대응해야 해."

이진성은 다시 한번 심각한 표정을 지었다.

"그러면 제가 해야 할 건 뭐죠?"

태성은 잠시 말을 멈췄다.

"우리 내부에서 그 문제를 분석하고, 필요한 조처를 할 수도 있지만, 네가 현장 경험이 풍부하고, 북한과 관련된 지식이 있으니까 다시 한번 확인하려고 해. 우리는 네가 이 사건을 파헤치는 데 큰 도움이 될 거라고 보고 있어."

인사와 함께 간단한 브리핑을 들은 후, 이진성은 국정원 본부의 복도에 서 있었다.

그의 머릿속은 복잡하게 얽혀 있었다.

그동안의 직감과 경험이 그를 이끌었지만, 이제는 새로운 기술과 분석력에 그가 필요해지고 있었다. 하지만 그는 여전히 과거의 방식과 새로운 방식 사이에서 갈등을 느꼈다.

'이걸 어떻게 해야 할까?' 이진성은 한숨을 쉬며 창밖을 바라보았다.

서울의 거리는 평소와 다름없이 바쁘게 흘러갔다.

그러나 그의 눈빛은 뭔가 결정을 내리려는 듯, 얼어붙은 듯한 모습이었다.

그에게 주어진 임무는 단순히 테러를 막는 것이 아니었다.

대공과 대테러 문제를 아우르며, 그가 가진 현장 경험과 새로운 기술이 결합하여야만 진실을 파헤칠 수 있는 상황이었다.

그가 해야 할 일은 명확했다.

지금까지의 경험을 바탕으로 위험 요인을 찾는 것.

그리고 그 진실이 마침내 사람들을 지킬 수 있도록 하는 것.

진성은 빠른 업무 파악을 위해 매일 야근하며 한 주가 어떻게 지나는지 모를 정도였다.

이진성은 아침에 일어나자마자 창문을 열어 바깥 공기를 마셨다.

봄이라고 하기엔 여전히 차가웠지만, 오늘은 유독 쌀쌀한 기운이 다가오는 듯했다.

그는 카페트로 발을 닦고, 아내인 오은영이 준비해 놓은 아침을 먹으면서 고요한 일상의 소중함을 느꼈다.

몇 년간 군에서 몸담았던 삶과 현장에서의 고단한 일들이 이제는 지나가고, 매일 집에서 아내와 함께 시간을 보내는 것만으로도 그는 충분히 만족했다.

그가 입사한 곳이 어디인지는 정확히 밝힐 수 없었지만, 새로 시작하는 일이 그의 삶에 큰 변화를 불러오리라는 사실만은 확신할 수 있었다.

"여보, 오늘 점심에 회사 근처로 갈게. 점심 같이 할까?"

오은영은 아침에 커피를 마시며 제안했다.

"아니, 그건…. 그게."

이진성은 순간적으로 말문이 막혔다.

오은영은 그런 그에게 살짝 미소를 지으며 대답했다.

"알았어. 그래도 나중에 점심은 같이 먹자. 내가 점심 쏠게."

이진성은 가볍게 고개를 끄덕였지만, 그의 마음속에서는 갈등이 일었다.

자신이 아내에게 숨기고 있는 사실이 계속해서 마음에 걸렸다.

그는 아내에게 거짓말을 해야 한다는 부담감이 컸다.

오은영은 그의 신분에 대해 아무것도 모르고 있었다.

그것은 그들만의 비밀이어야 했다. 그리고 그는 그것을 숨겨야만 했다.

그렇지 않으면 두 사람 모두 위험에 처할 수 있을지도 모른다는 생각에 압박감을 느꼈다.

하지만 그날 오후, 오은영은 진성을 놀래켜주기 위해 연락 없이 한국자동차로 발길을 옮겼다.

그녀는 점심을 함께 먹으려고 했지만, 회사에서 진성을 찾을 수 없다는 말을 들었다.

이진성이 말한 회사에서 그를 찾을 수 없었다.

오은영은 눈살을 찌푸리며 의문을 품었다.

"뭐지, 왜 그랬을까?"

그녀는 속으로 의심하였다.

그날 저녁, 오은영은 조금씩 그의 행동에 이상한 점을 느끼기 시작했다.

그가 근무한다는 곳이 실제 실체가 있는 곳인지, 아니면 그저 말로만 하는 것인지?

그의 일에 대해 더 이상 물어볼 수도 없었던 그녀는 그날의 일로 마음이 불편해졌다.

이진성은 무엇을 숨기고 있는 것일까?

그녀는 그런 생각에 빠지며, 점점 더 그를 의심하게 되었다.

그 후 며칠간, 오은영은 점점 더 이진성의 일에 대해 의문을 가지게 되었다.

그녀는 이진성의 신분에 대한 확실한 증거를 갖고 있지 않았지만, 그의 행동을 보면 무엇인가 숨기고 있다는 느낌이 들었다.

그녀는 그것을 직감하고 있었다.

"자신의 신분을 밝히지 못하는 직장인가? 그렇다면 그런 곳이 어디지?"

오은영은 자신도 모르게 그가 어떤 일을 하고 있는지, 그리고 그 일이 자신에게 미칠 영향을 고민하게 되었다.

"그가 정말 국정원 같은 곳에 있다면…. 나는?"

오은영은 자신에게 묻고 있었다.

"내가 그에게 숨기고 있는 것처럼, 그도 나에게 뭔가를 숨기고 있는 걸까?"

그녀는 과거의 삶을 떠올리며, 지금 그가 하는 일이 그녀에게 알려지지 않는 것이 얼마나 중요한지 다시 한번 실감했다.

사랑하는 사람에게도 감추어야 할 비밀이 있다는 것.

오은영은 마음속으로 깊은 한숨을 내쉬었다.

자신이 숨기고 있는 신분도 그렇고, 진성이 숨기고 있는 신분도 마찬가지로, 그들의 비밀은 점점 더 얽히고 있었다.

그리고 그 비밀들이 언젠가 드러날 때, 그때는 이미 돌이킬 수 없는 일이 될지도 모른다는 두려움이 그녀의 마음속에 자리 잡고 있었다.

"우리는 정말 부부로서 삶을 살고 있는 걸까?"

» 유령 컴퍼니

 황성찬이 해외로 도피했지만, 그는 단순히 은둔하며 몸을 숨긴 것이 아니었다.

 그는 동남아시아의 조세 회피처로 유명한 한 섬나라에서 '동남아 산업화학 유한책임회사(Southeast Asia Industrial Chemicals LLC) 라는 법인을 설립했다.

 표면적으로는 산업용 화학물질을 수입·유통하는 무역회사였지만, 그 이면에는 더욱 위험한 목적이 숨어 있었다.

 그의 회사는 한국뿐만 아니라 일본, 대만, 베트남 등 아시아 여러 국가의 업체들과 거래하며, 폭약 제조에 사용될 수 있는 다양한 화학물질을 합법적으로 대량 구매할 수 있도록 설계되어 있었다.

 특히 그는 화학비료 원료, 염료 및 표백제, 금속 가공에 사용되는 물질 등을 대량 수입해 여러 국가로 유통하면서도, 정작 그 물질들이 어디로 흘러가는지는 쉽게 추적할 수 없도록 철저히 위장해 두었다.

 국내 비밀회사의 설립과 화학물질 유통망. 국정원이 황성찬을 다시 주목하게 된 것은, 한국 내 한 중소 화학 유통업체의 거래 내역에서 이상한 점이 발견되었기 때문이다.

'한성화학테크'라는 중소기업이 최근 몇 년 사이 특정 화학물질을 대량으로 수입하고 있었는데, 이 업체가 과거 황성찬과 연관이 있었던 인물들에 의해 운영되고 있음이 밝혀졌다.

이 회사가 주로 취급하는 물질은 다음과 같았다.

1. **암모늄 : 일반적으로 비료로 사용되지만, 특정 조건에서 강력한 폭발력을 가진 폭약으로 변환될 수 있음.
2. **** 분말 : 로켓 연료 및 폭발물 제조에 사용될 수 있음.
3. ****메탄 : 산업용 용매로 사용되지만, 테러 조직들이 폭약 제조에 사용하는 대표적인 물질.
4. **** 암모늄 : 고성능 추진제 및 폭약 제조의 핵심 원료.

국정원이 수집한 정보에 따르면, 한성화학테크는 공식적으로 국내 연구소 및 공장에 산업용 화학물질을 납품하는 회사였지만, 실제로는 이 물질들이 익명의 구매자들에게 소량으로 분산 판매되고 있었다.

이는 조직적인 폭약 제조 네트워크가 존재할 가능성을 시사했다.

국정원은 한성화학테크의 고객 명단을 조사하면서 익숙한 이름을 발견했다.

오은영.

그녀는 한국대학교에서 정치외교학을 가르치는 교수였지만,

동시에 독일에서 화학 박사 학위를 받은 전문가였다.

특히 그녀의 연구 분야는 에너지원 및 산업용 화학물질의 효율적 활용이었으며, 화학 반응과 연소 과정에 대한 연구도 진행한 적이 있었다.

더 수상한 점은, 그녀가 학술회의 및 연구 협력 명목으로 여러 해외 화학 관련 기관과 접촉하고 있었으며, 그중 일부가 황성찬이 운영하는 유령회사와 연관된 기업들이라는 것이었다.

국정원은 그녀의 최근 연구 이력을 추적했고, 그 과정에서 그녀가 한성화학테크의 연구원과 비공식적인 만남을 가진 정황이 포착되었다.

» 의문의 요청

2025년 4월, 서울 국정원 본부.

장철진은 국정원의 대외협력팀을 통해 우크라이나 정보국(GUR)에서 온 비밀 전문(電文)을 받아 들었다.

"최근 포로로 붙잡힌 북한군 출신 병사가 남한의 특정 인물을 찾으려 했으며, 사망 전 '오은영'라는 이름을 반복적으로 언급함. 관련 신원 검토 요망."

국정원의 방첩팀과 대테러센터는 즉각 회의를 소집했다.

"오은영?"

그녀는 한국대학의 정치외교학 교수였다.

그리고 이진성의 아내였다.

그러나 단순한 교수라고 보기에는 너무나 많은 의문이 있었다.

2024년 9월, 평양 외곽

한낮인데도 집 안은 어두웠다. 작은 창문으로 들어오는 빛마저도 먼지에 가려 희미했다.

방 한구석에서 어머니 리지은이 기침을 삼키며 아들의 손을 붙잡았다.

그녀의 손은 바짝 말라 있었고, 힘이 없었다.

"철진아…. 가기 싫겠지…."

그녀의 목소리는 나직했지만, 철진의 가슴을 쥐어뜯었다.

그는 입을 꾹 다물고 고개를 끄덕였다.

이 순간, 아무리 부정하고 싶어도 현실은 변하지 않았다. 소집명령을 거부할 방법은 없었다.

"어머니…."

그는 힘겹게 입을 떼었다. 하지만 무슨 말을 해야 할지 몰랐다. '걱정하지 말라'고 해야 할까? '살아서 돌아오겠다'라고 해야 할까? 그런 말들은 모두 거짓이었다.

철진은 전쟁터에서 살아남을 자신이 없었다.

어머니는 그의 손을 꽉 쥐었다. 힘없는 손이지만, 그녀의 눈빛만큼은 단단했다.

"철진아, 기회를 봐서 도망쳐라. 남조선으로 가야 한다. 거기 가서 네 누이를 찾아. 둘이 같이 살아야 한다."

그 말에 철진은 순간적으로 고개를 저었다.

도망치면 안 된다는 것을 그는 너무나도 잘 알고 있었다. 아버지가 어떻게 죽었는지, 북한이 어떤 곳인지, 그들은 가족을 인질로 삼아 어떤 짓이든 할 수 있다는 것을.

"어머니, 안 돼요."

그는 손을 떨며 말했다.

"내가 도망치면, 어머니를…."

그는 더 이상 말을 잇지 못했다.

목이 메었다.

자신이 도망치면, 어머니는 아버지처럼 죽을 것이었다.

오은영이 북한의 간첩 임무에서 도망치려 했을 때, 아버지가 처형당했다.

그것은 단순한 처형이 아니었다. 공개적으로, 철진이 보는 앞에서 이루어진 잔인한 살해였다.

그들은 보여주었다. 감히 국가를 배신하면 어떤 일이 벌어지는지.

그때처럼, 어머니도 똑같이 희생될 것이었다.

"어머니, 난 도망칠 수 없어요."

그는 이를 악물었다.

"난 어머니를 두고 갈 수 없어요."

그러나 어머니는 쓸쓸하게 웃었다.

마치 모든 것을 받아들인 듯한, 이미 결정을 내려놓은 사람의 표정이었다.

"난 어차피 얼마 못 산다, 철진아."

그녀는 쿨럭거리며 기침을 삼켰다. 수년간의 굶주림과 병으로 인해 그녀의 몸은 이미 망가져 있었다. 거친 숨을 몰아쉬는 그녀의 모습을 보며 철진은 눈을 감았다.

"더 살아봤자, 새끼들을 이 미친 세상에서 벗어나지 못하게 하는 미끼가 되는 것뿐이다…."

그녀는 피곤한 듯 중얼거렸다.

"네 아버지처럼, 내 목숨도 언젠간 저들이 가져갈 거다. 하지만 넌 달라야 한다, 철진아. 넌 살아야 한다. 너는 내 새끼다. 죽을 곳에서 죽지 말고, 살아야 한다."

그녀의 손이 그의 얼굴을 쓰다듬었다. 따뜻한 손길이었지만, 동시에 너무나도 약했다.

철진은 손을 뻗어 어머니를 끌어안았다. 그의 어깨가 떨렸다.

"어머니…."

그는 참으려 했지만, 울음을 막을 수 없었다.

뜨거운 눈물이 어머니의 어깨를 적셨다.

어머니는 조용히 그의 머리를 쓰다듬었다.

"내 아들, 불쌍한 내 새끼…. 흐흐흐"

어머니도 흐느꼈다.

그들은 그렇게 서로를 부둥켜안고 한참을 울었다.

밖에서는 군 트럭 소리가 들렸다. 철진을 태우러 온 것이었다.

어머니는 마지막으로 철진의 얼굴을 바라보았다. 떨리는 손으로 그의 눈물을 닦아주었다.

"내 걱정은 하지 마라."

그녀는 애써 미소를 지으며 말했다.

"난 이미 네 아버지한테 간다고 생각하면 마음이 편하다."

그녀의 눈빛은 진실을 말하고 있었다.

그녀도 알고 있었다.

죽음은 두렵다.

하지만 철진이 살아남기를 바라는 마음이 그것보다 더 컸다.

"철진아, 꼭 살아남아라."

그것이 그녀의 마지막 말이었다.

철진은 이를 악물고 몸을 돌렸다. 그리고 문을 열고 나갔다.

트럭이 떠날 때까지, 어머니는 마당에서 서서 그를 지켜보았다.

점점 멀어지는 어머니의 모습이 철진의 가슴에 깊이 새겨졌다.

그날, 그는 결심했다.

어머니의 뜻을 반드시 이루겠다고.

남으로 가서, 오은영을 찾아내겠다그.

하지만 그 전에, 전쟁터에서 살아남아야 했다.

"위대한 조국을 위해 싸울 영광을 안고 떠나는 혁명 전사들에게 조국과 당은 무한한 신뢰를 보내고 있다!"

기계적인 목소리가 확성기를 통해 울려 퍼졌다.

트럭에 실린 수십 명의 젊은 병사들은 모두 무표정한 얼굴로 허공을 바라보고 있었다.

오철진은 목석처럼 앉아 있었다.

그는 알고 있었다.

이 연설이 끝나면, 그들을 기다리는 것은 '전장'뿐이라는 것을.

평양을 떠나기 전, 모처의 대강당에서 '환송식'이 열렸다.

"너희 가족들은 당과 위대한 수령님께서 끝까지 보살필 것이다! 나아가라! 영웅이 되어라!"

책상에 앉은 군 지휘관이 그렇게 소리쳤고, 앞줄에 선 몇몇 장교들은 힘없이 박수를 쳤다.

하지만 병사들의 표정은 어두웠다.

그들 중 대부분은 말이 없었다.

서로를 바라보며 알 수 없는 두려움을 공유했을 뿐.

트럭이 천천히 출발했다.

창밖으로 보이는 평양은 여전히 그 자리에 있었다.

웅장한 선전물들, 미동도 하지 않는 인민들.

하지만 철진에게는 모든 것이 멀어지는 느낌이었다.

트럭 안에는 그보다 훨씬 어린 소년들도 있었다.

그중 한 명이 입술을 깨물며 속삭였다.

"성님... 우리는 어디로 가는 겁니까?"

철진은 대답할 수 없었다.

그조차도 정확한 행선지를 몰랐다.

2024년 10월, 러시아 블라디보스토크 기지는 낡고 을씨년스러웠다.

이곳에서 북한 병사들은 혹독한 추위 속에서도 제대로 된 방한복 하나 받지 못했다.

매일 아침, 그들은 러시아 장교들 앞에서 훈련받았다.

"군율을 위반하면 바로 총살이다."

러시아군은 북한 병사들을 마치 소모품처럼 다루었다.

배급된 식량은 턱없이 부족했다.

먹을 것을 찾기 위해 쥐까지 잡아먹는 병사들도 생겨났다.

어린 소년 병사들은 하루하루 초췌해졌다.

한때는 밝았던 눈빛도 점점 죽어갔다.

철진은 깨달았다.

그들이 이곳에서 할 수 있는 일은 버티는 것뿐이라는 것을.

그러나 얼마 지나지 않아, 그들에게 마지막 명령이 내려졌다.

"우크라이나로 이동하라."

이제 그들은 죽음을 향해 떠나고 있었다.

2024년 11월, 우크라이나 동부전선의 끊이지 않는 총성이 공포를 자아내고 있었다.

우크라이나군의 드론이 하늘을 선회하며 움직였다.

북한 병사들은 처음 보는 이 '비행하는 눈'을 두려워했다.

"드론이 우리를 쫓는다!"

어린 병사 하나가 비명을 질렀다.

그 순간, 총성이 울렸다.

소년의 머리가 산산이 부서졌고, 따뜻했던 피가 철진의 얼굴을 덮쳤다.

철진은 얼어붙었다.

포격이 떨어질 때마다 땅이 흔들렸다.

피해 갈 곳이 없었다.

죽은 병사들의 시신은 아무렇게나 방치되었고, 시간이 지나면서 부패한 시체에서 악취가 퍼져 나왔다.

"포로는 있을 수 없다. 절대 항복하지 마라. 차라리 공화국의 영웅답게 자폭하라!"

장교들은 병사들에게 그렇게 명령했다.

살아남아도 죽음을 택해야 하는 현실.

그러나 죽음을 택하기엔 너무나도 두려웠다.

철진은 손을 덜덜 떨며 중얼거렸다.

"살아야 한다…."

그러나 그를 기다리는 것은 포위망이었다.

2025년 1월, 부상을 입고 쓰러진 철진을 향해 우크라이나군이 다가왔다.

그는 피투성이가 된 채로 울부짖었다.

"나는 북한군이 아니다…! 나는…. 남한 사람이다…!"

병사들은 그의 말을 믿지 않았다.

그러나 철진은 필사적으로 외쳤다.

"내 이름은 오철진…. 제발…. 내 누이를 찾아달라…. 오…. 오...은영...!"

손을 뻗어 붙잡으려 했지만, 허공을 휘저을 뿐이었다.

그의 가슴팍에서 한 장의 낡은 사진이 바람에 휘날렸다.

사진 속에는 미소 짓고 있는 어머니와 어린 자신, 그리고 누나 오은영이 있었다.

눈물이 피와 함께 섞여 흐르고 있었다.

그는 끝내 흐느끼며 숨을 거두었다.

그의 마지막 유품은 찢겨진 사진 한 장뿐이었다.

» 숨겨진 진실

우크라이나에서 들어온 정보는 국정원을 뒤흔들었다.

북한군 포로 중 한 명이 오은영의 동생 오철진이라며 자신을 밝혔다는 것이다.

이 정보는 단순한 사고나 우연으로 치부하기엔 너무나 중요한 사안이었다.

"만약 이 북한군 포로가 오은영의 동생이라면, 그녀의 신분 세탁에 중대한 구멍이 뚫린 것이다."

장철진과 국정원의 방첩 팀은 그 즉시 오은영의 신원 검증을 재개했다.

그녀의 모든 기록을 뒤졌고, 몇 가지 의문점을 발견했다.

1. 입양된 시점 이후의 모든 기록이 사라졌다. 아니 없었다.
2. 독일과 러시아에서 눈에 띄는 연구 성과를 거둔 후, 갑작스럽게 한국으로 귀국했다.
3. 한국에 연고도 없이 국가사업에 추천을 받아 한국대학교 정교수로 임용되었다.
4. 귀국 후 가족을 찾으려는 흔적이 전혀 없었다.

장철진은 정보 분석관의 책상 앞에 앉아 있었다.

벽에 걸린 스크린에는 오은영의 해외 체류 기록이 뜨고 있었다.

분석관이 낮은 목소리로 말했다.

"해외에서 유학했다는 건 분명한데, 독일에 언제 들어갔는지 기록이 흐릿합니다."

장철진이 물었다.

"귀국 경로는요?"

"그게 더 수상합니다."

분석관이 다른 보고서를 넘겼다.

"오은영은 독일에서 박사 과정을 마치고 난 직후, '국제 우수 여성 과학자 유치사업'의 일환으로 한국대학교 정교수로 임용됩니다."

장철진의 눈썹이 미세하게 떨렸다.

"그건 국가 프로젝트 아닌가요?"

"맞습니다. 문제는, 그 사업으로 선발되어 국내에 들어온 인원은 단 4명뿐이었습니다. 대부분은 국내 학계 네트워크와 연결돼 있었죠. 그런데 오은영은 국내 연고도 없고, 심지어 추천자조차…. 이상했습니다."

"이상했다?"

"예. 겉보기엔 전·현직 교수들입니다. 하지만 그중 일부는 과거 정보기관이 비공식 감시하던 인물들이고, 한 명은 보안기술

유출 혐의로 조사를 받은 전력도 있습니다."

장철진은 낯빛을 굳히며 물었다.

"오은영과 이 사람들, 접점은?"

"없습니다. 그래서 더 이상합니다.

접점도 없고, 국내 활동 기록도 없는데, 완벽한 절차를 밟아 '자연스럽게' 교수로 들어왔습니다.

마치 누군가, 뒤에서 길을 열어 준 듯한…."

장철진은 조용히 말했다.

"계획된 진입이었다."

"그렇습니다. 독립적인 이력이라 보기엔…. 너무 매끄럽습니다."

장철진과 별개로 방첩팀 내에서 다른 방향으로도 수사를 진행하고 있었는데, 특히 평양 출신의 탈북자들을 상대로 오은영에 대한 추가 정보를 모으기 시작했다.

그 과정에서 중요한 단서 하나가 발견된 것이 있었다.

"리지영이라는 여성이 남한에 있는 딸을 기다리고 있었다."

국정원은 이 정보를 분석하며 결론을 내렸다.

"오은영의 신분 세탁 과정에서 북한의 개입이 있었다."

학술 포럼을 마치고 귀국하는 오은영을 국정원은 급하게 체포하지는 않았다.

공항에서 조용히 그녀를 소환했다.

"오은영 교수님, 잠깐 시간 좀 내주시죠."

공항 직원은 차분하게 말을 꺼냈다.
오은영은 순간 긴장했지만, 그다지 큰 반응을 보이지 않았다.
그녀의 심장은 빨리 뛰기 시작했다.
그동안의 세월이 얼마나 위험한 시간이었는지 깨닫고 있었다.
심문실의 문이 열리며, 첫 번째 심문관이 들어왔다.
40대 초반의 남자, 차가운 눈빛을 가진 그는 서류를 쥐고 있었다.
그가 테이블에 서류를 쭉 펼치며 말했다.
"오 교수님, 몇 가지 사실 확인을 위해 모셨습니다."
"교수님, 독일에서 학위를 마친 후, 귀국 경위에 대해 여쭙겠습니다. 당시 '국제우수여성과학자 유치사업'으로 정식 임용되셨죠?"
그의 목소리는 부드럽게 시작되었지만, 그 속에는 날카로운 의도가 숨어 있었다.
"그 사업에 선발되어 국내로 들어온 사람은 4명. 그 중 유일하게 국내 추천자와 아무 연고가 없었던 사람이 바로 교수님입니다."
심문관이 말을 이었다.
"심지어 추천자 중 한명은 기밀 유출 혐의로 수사받았던 인물입니다. 우연이라고 하기엔…. 좀 너무나 절묘하지 않습니까?"
오은영은 입을 다물었다. 그녀는 아무 말도 하지 않았다.
"2008년, 교수님은 러시아에서 독일로 건너가셨죠? 그곳에서 연구를 시작하셨고."

오은영은 입을 다물었다. 그녀는 아무 말도 하지 않았다.

심문관은 그녀의 침묵을 더욱 강하게 느끼고, 계속해서 말했다.

"그런데 특이한 점이 또 있습니다. 교수님의 입양 전이나 후로 기록이 완전히 깨끗합니다."

그는 한 장의 서류를 테이블에 펼쳤다.

"여기 보면, 교수님이 입양된 이후의 모든 흔적이 사라졌습니다. 우연일까요?"

오은영은 여전히 묵묵부답이었다. 심문관은 조금 더 강한 어조로 말을 이었다.

"그리고 황성찬이라고 아시죠? 황성찬과 교수님은 밀접한 관계가 있었던 것으로 알고 있습니다."

오은영은 여전히 입을 열지 않았다.

심문관은 잠시 그녀를 살피고는, 차가운 미소를 지었다.

심문관은 다시 한번 압박을 시작했다.

"교수님. 정중히 대접해 드릴 때 얘기해요. 정말 떳떳하다면 해명이라도 해보시던가."

그의 목소리는 점점 더 커지며, 오은영을 압박했다.

그러나 오은영은 여전히 입을 다물고 있었다.

잠시 뒤 호출벨이 울리고, 심문관은 자리에서 일어섰다.

심문관이 문을 "쾅" 닫고 나가버렸다.

그러나 오은영은 변함없이 침묵했다.

잠시 뒤 다시 문이 열리고, 장철진이 들어왔다.

오은영은 그를 보고 갑작스레 눈을 크게 떴다.

"철진 씨, 어떻게 여기에…."

장철진은 냉정하게 그녀를 바라보며 앉았다.

그의 표정은 굳어 있었고, 말은 매우 직설적이었다.

"전역했어요?"

"형수님, 아니 오은영 씨…. 이제 숨기지 마세요. 이미 다 알고 있습니다."

오은영은 당황했지만, 이내 침묵을 지켰다.

그녀는 고개를 돌리며 대답하지 않았다.

그때, 장철진은 서류 하나를 꺼내 그녀에게 사진 한 장을 건넸다.

"이 사람 누군지 아시죠?"

사진 속에는 황성찬이 담겨 있었다.

오은영은 그 사진을 한참 바라보다가, 결국 고개를 흔들며 말했다.

"몰라요. 모른다고요."

"그러면 연고도 없는 한국에 갑자기 어떻게 추천받고 교수로 임용이 되셨습니까?"

오은영은 대답이 없었다.

그러나 장철진은 여유 있게 웃으며 말했다.

"그럼 이 사람도 모른다고 하실 겁니까?"

"이건 인공지능 분석 결과입니다. 이미 우리가 알 수 있는 정보는 다 알고 있습니다."

오은영은 더 이상 반박할 수 없었다.

심문실의 분위기는 차갑고 압박감이 가득했다.

그녀는 입을 다물고 있었지만, 머릿속은 끊임없이 말하고 있었다.

그 말들은 모두 대본이었다. 준비된 반응, 계산된 표정, 조작된 진실.

그런데 지금, 그 조작된 진실이 마치 현실처럼 느껴졌다.

진심이 아닌 말을 반복하다 보면, 그게 진심처럼 느껴질 때가 있다.

손끝이 떨렸다. 이 모든 진실이 그녀의 과거에서 흘러나왔지만, 입술은 얼어붙은 채였다.

믿고 있던 세계는 무너졌는가, 아니면 그녀가 무너뜨리고 있는가.

그렇다면… 나는 누구였단 말인가.

문이 열리며, 장철진이 다시 들어왔다.

그는 오은영을 잠시 바라보다가, 말없이 사진 한 장을 다시 꺼냈다.

"형수님, 이제 다 내려놓으세요. 진성 선배를 조금이라도 사랑한다면은 진성 선배 생각해서라도…."

오은영은 고개를 떨구며 조용히 대답했다.

"철진 씨, 진성 씨는 지금 이 사실 아무것도 모르나요? 염치없는 부탁이지만 진성 씨는 모르는 것으로 해주시면 안 될까요?"

장철진은 한숨을 쉬며 한참의 침묵 후 고개를 끄덕였다.

"알겠습니다. 진성 선배는 모른 걸로 하겠습니다."

그는 그녀에게 마지막 약속을 하고, 심문실을 나섰다.

장철진은 밖에서 전화를 걸며 말했다.

"진성 선배가 모르도록 해주면 우리 쪽으로 전향하겠답니다."

오은영은 눈물을 삼키며, 새로운 길을 결심했다.

» 망각된 코드

보안 점검에서 발생한 의심스러운 징후들은 단순한 해킹 시도가 아니었다.

서울의 중요한 기반 시설들.

소양강 댐, 전력망, 교통망을 대상으로 한 공격이 점차 심각성을 띠며, 그 배후에 북한이 있을 가능성이 제기되었던 가운데, 오은영의 전향과 함께, 국정원은 북한의 소행이라고 확인된 상황이었다.

하지만 국내 상황은 몇 개월이 흘러갔지만, 아직 2024년 12월 3일, 대한민국은 역사상 가장 혼란스러웠던 순간의 그림자가 덮고 있었다.

6시간의 짧은 비상계엄이었지만, 대통령과 국무총리는 내란 혐의로 탄핵당하였고, 그 자리를 기획경제부 장관이 임시로 대리하게 되었다.

그야말로 국가는 혼란의 도가니에 빠졌고, 방향을 잃어버린 배처럼 대한민국은 표류하고 있었다.

국정원은 공격 징후를 포착한 후 즉각적으로 대응 체계를 마련하려 했지만, 현재 국내 상황이 빠른 대응을 어렵게 하고 있었다.

　북한의 대대적인 사이버 공격이었고, 그 규모와 타겟이 명백히 국가 안보와 관련된 중요 인프라였음에도⋯.

　이재우 팀장은 깊은 고민에 빠졌다.

　그는 국정원의 사이버 보안 담당으로서 그 어느 때보다 중요한 순간을 맞이하고 있었지만, 현재 상황에 대한 해결책을 찾을 수 없었다.

　국정원은 내부의 혼란과 정치적 위기 속에서 싸워야 했고, 그것이 더욱 위협적인 상황이었다.

　그는 점점 더 절박해졌다.

　결국 이재우 팀장은 해결책을 찾기 위해 타 부서의 도움을 요청했다.

　이진성은 지금이야말로 자신의 절친이었던 동기⋯. 장우진이 필요할 때라고 생각했다.

　장우진은 그의 능력만큼이나 자유로운 영혼이었고, 진성은 그가 이번 위기에서 중요한 역할을 할 수 있다는 확신이 있었다.

　수년 전 마지막으로 연락했던 장우진의 연락처를 어렵지 않게 찾은 진성은 곧바로 이메일을 보냈다. 하지만 며칠이 지나도록 연락은 없었다.

　메일을 보낸 후 몇 날 며칠을 기다린 이진성은 결국 다시 한번 연락을 시도했다.

　오랜 기다림 끝에 드디어 장우진에게서 답장이 왔다.

　그러나 장우진은 '이 문제에 대해 생각 좀 해보겠다.'라는 말로 연락을 마쳤고, 또다시 시간이 흘렀다.

초조한 마음으로 두 번째 이메일을 보냈지만, 여전히 소식은 없었다.

진성은 불안해지기 시작했다.

'이럴 때가 아니다. 시간이 너무 없다.'

그러나 그날 밤, 드디어 장우진에게서 문자가 왔다.

"미국으로 와. 만나서 얘기하자."

이진성은 고민할 필요도 없이 결정을 내렸다. 미국으로 가야 했다.

그가 할 수 있는 유일한 방법은 장우진이었다.

그는 즉시 비행기를 예약했다.

14시간의 긴 비행을 마친 후, 샌프란시스코 공항에 도착한 이진성은 바로 장우진에게 연락을 시도했다.

그리고 얼마 후, 장우진이 전화를 받았다.

"진성아, 정말 오랜만이네. 나 이제 거의 다 왔어. 조금만 기다려. 곧 갈게."

장우진의 목소리는 예전과 다를 바 없이 차분하고 여유가 넘쳤다.

이진성은 그 말에 믿음을 두고 기다렸다.

얼마 후, 장우진이 그를 만나러 왔다.

그는 예전과 같이 언제나 편안하고 자유로운 분위기를 자아내며 말했다.

"자, 오랜만에 우리 한잔하러 가자. 이게 얼마 만이야?"

이진성은 그를 따라 술집으로 들어섰다.

예전 군대 시절, 여러 번 함께 술을 마시곤 했던 느낌으로 이진성은 그동안의 긴장감을 잠시 잊고, 장우진의 여유로운 모습에 조금이나마 안도감을 느꼈다.

그동안 너무 급한 상황 속에 있었기에, 장우진과의 재회는 오히려 그에게 잠시 숨을 돌릴 시간을 제공해주었다.

장우진은 웃으며 말했다.

"너도 군에 있을 때 힘들었지? 그 고생을 또 하려고 왔다는 건 대단한 용기야."

"뭐, 내가 할 수 있는 일이 있다면 해야지.

이 나라에 지금 무슨 일이 일어나고 있는지, 그걸 알기나 해?"

이진성은 자기도 모르게 거칠게 말해버렸다.

"야…. 너도 좀 삶을 즐겨. 그렇게 일만 생각하면 사람은 금방 죽는다. 어서 잊어버리고 놀자, 진성아." 장우진은 술잔을 들어 그에게 건넸다.

둘은 술잔을 비우며, 과거에 있었던 일들—, 군 시절의 고생, 그들의 꿈을 이야기하며 시간을 보냈다.

그러다 갑자기, 한 여자가 그들의 테이블로 다가왔다.

"오, 우진 오빠, 여기 있었네."

여자는 장우진에게 인사하며 자리에 앉았다.

이진성은 그 여자의 모습을 보고 놀랐다.

너무 젊어 보였고, 장우진과 나이 차이가 뚜렷하게 보였다.

그 여자는 자신을 리사라고 소개했다.

"어⋯. 내가 몇 년 전부터 알고 지내는 친구야. 쾌국에서 왔고, 지금은 이곳에서 일하고 있어. 이름은 리사(Lisa)."

장우진은 그 여자를 소개했다.

이진성은 그녀와의 대화 속에서 조금 불편함을 느꼈지만, 장우진의 친구라면 믿을 수밖에 없었다.

우진과 리사의 즐거움에 이진성은 오랜만에 취하도록 마셨다.

다음 날, 이진성이 술에서 깬 후, 놀란 눈으로 다시 그 여자를 보았다.

리사는 장우진이 자리를 비운 사이, 컴퓨터를 들여다보고 있었다.

그러고는 한참 뒤에 자신감 넘치는 목소리로 말했다.

"우진 오빠, 내가 먼저 뚫었어. 이제 점심 쏘셔야지."

이진성은 그 말을 듣고 어리둥절했다.

"뭐라고? 뚫었다고?"

리사는 웃으며 말했다.

"응, 한국 국방부 정보본부 서버를 누가 먼저 해킹하는지 내기했어. 내가 이겼다고."

그 말에 이진성은 다시 한번 충격을 받았다.

장우진은 다가와서 말했다.

"진성아, 사실은 너에게 이 사람을 소개하고 싶었어. 리사는 내가 생각한 것보다 훨씬 더 도움이 될 거야. 그녀는 해킹의 천재야.

어나니머스라고 들어봤지?"

장우진은 미소를 지으며 말했다.

"어나니머스?"

이진성은 그 말에 다시 한번 경악했다.

리사는 모니터를 잠시 들여다보다가 호기심에 '통신 첩보' 파일을 열어 보고 있었다.

"오빠들…. 근데 '리주실'이 누구야?"

리사의 말에 이진성과 장우진이 동시에 고개를 들었다.

"리주실?"

이진성이 낮은 목소리로 대답했다.

"김정은 직속 라인이야. 해외 공작 총책이지. 그런데 너, 리주실 이름을 어디서 들었어?"

리사는 무심한 듯 말했다.

"여기. 이 파일 속 암호화된 문서들, 내가 일부 복구했거든. 그 안에 '리주실'이라는 이름이 계속 나와. 화학물질, 폭발물, 남한 내 주요 시설 탐지, 미국과의 접촉 시도…. 문서 대부분은 손상됐지만, 패턴은 분명해."

이진성이 중얼거렸다.

"리주실과 폭발물, 중요시설, 그리고 미국…. 뭔가 심상치 않은데. 김정은의 심복이 미국과 접촉을?"

"리사, 그 외 다른 정보는?"

"없어. 리주실 관련해서는 그게 전부야. 근데…."

리사는 잠시 말을 멈추고, 고개를 갸웃했다.

"'마담'이라는 이름도 따로 나와. 정식 코드인지 실명인지는 모르겠는데, '리주실'이랑은 분리된 문맥에서 등장했어. 이름은 지워져 있었고."

장우진이 잠시 생각에 잠긴 듯 말했다.

"리주실이 마담일 수도 있지. 그런 식으로 암호경을 바꿔쓰는 경우 많으니까."

그러자 리사가 고개를 저었다.

"직감이긴 하지만…. 느낌이 달라. 문서에서 리주실은 실행자에 가까웠고, '마담'은 명령을 내리는 쪽처럼 보이는 느낌?"

그 말에 이진성은 말없이 리사의 얼굴을 바라보았다.

'리주실이 마담이 아닐수 있다고? 그렇다면…. 도대체 마담은 누구야?'

짧은 침묵이 흐른 뒤, 장우진이 분위기를 바꾸듯 웃으며 말했다.

"진성아. 암튼, 넌 운 좋은 줄 알아. 리사는 아무한테나 얼굴 안 보여줘."

리사도 고개를 끄덕이며 웃었다.

"맞아. 이번은 우진 오빠 덕분에 특별히 예외."

이진성은 천천히 리사의 얼굴을 바라봤다.

단순한 해커가 아니었다.

이 여자는 지금, 나라의 운명을 쥔 열쇠일지도 모른다.

» 리사(Lisa)

암호화된 채팅방.

가상의 서버를 경유한 익명의 접속자들이 모였다.

화면에는 수십 개의 ID가 떠 있었지만, 그중에서도 몇 개의 아이디가 반응하고 있었다.

> [Specter] 동북아의 북쪽이 움직였다.
> [Ouroboros] 그게 새삼스러운가?
> [Phantom] 평범한 작전이 아냐. 단순한 금융 해킹이 아니라, 이번엔 국가망 자체를 건드리고 있어.
> [Nyx] 그리고 누군가는 이걸 막으려고 한다.

잠시 정적이 흘렀다.

> [Specter] 막아야 한다.
> [Ouroboros] 너 농담이지? 우리 어나니머스가 한 국가를 위해 움직인다고?
> [Nyx] Specter, 너… 감정적으로 움직이는 거 아냐?

> [Specter] 아니. 이번에는 우리가 먼저 공격받고 있어.

> [Phantom] 무슨 뜻이지?

> [Specter] 그들이 우리 일부를 이미 침투했다.

다른 ID들이 한순간 조용해졌다.

> [Nyx] 확실한가?

> [Specter] 그렇지 않다면 이런 대화를 할 이유가 없지.

> [Ouroboros] 그래서? 네 계획은 뭔데?

> [Specter] 우리가 먼저 선제타격을 한다.

> [Phantom] 위험한 생각이군.

> [Specter] 하지만 우린 언제나 위험한 일을 해왔어

다시 정적.
그 정적을 깨고, 가장 조용했던 ID가 메시지를 남겼다.

> [Cheshire] 좋아. 하지만 조건이 있다.

> [Specter] 조건?

> [Cheshire] 우리를 국가의 도구로 쓰려는 건 아니겠지?

Specter는 순간 멈칫했다.
그녀가 보내려던 메시지를 잠시 지우고 다시 입력했다.

> [Specter] 국가를 위한 게 아니야.

> [Cheshire] 그럼 누굴 위한 거지?

Specter는 답하지 않았다.

그러자 또 다른 메시지가 도착했다.

> [Ouroboros] 우리는 국가 정치에 개입하지 않는다.

> [Phantom] 정보전이야 늘 있어 왔고, 진실을 가리는 싸움은 끝이 없지.

> [Cheshire] 네가 원하는 건, 결국 한쪽 편을 드는 거야. 그건 우리 방식이 아니야.

Specter는 손을 꽉 쥐었다.

> [Specter] 이번엔 다르다.

[Nyx] Specter, 냉정해져. 너도 알고 있잖아.

그 순간, 대화창이 닫혔다.

리사는 화면을 가만히 바라보았다.

손끝이 천천히 책상을 두드렸다.

"...예상대로야."

그녀는 의자에 몸을 기대며 피식 웃었다.

어나니머스가 쉽게 움직일 리 없었다.

그러나, 그녀는 이미 예상하였다.

새벽. 우진은 깊은 잠에 빠져 있다가 휴대폰 진동 소리에 눈을 떴다.

화면에는 알 수 없는 번호가 떠 있었다.

"누구야…."

우진이 무심코 전화를 받았다.

"오랜만이군."

목소리는 낮고 부드러웠다. 하지만 너무 부드러웠다.

마치 기계가 인간의 목소리를 흉내 내는 듯한 느낌이었다.

"…누구시죠?"

"네가 알고 있는 사람이다."

"장난이면 끊겠습니다."

"넌 지금 쉬고 있지만, 우린 널 필요로 해."

우진의 손끝이 차갑게 식었다.

"…누구냐고 묻고 있습니다."

"너는 이미 알고 있어."

뚝.

전화는 끊겼다.

우진은 심장 박동이 빨라지는 것을 느꼈다. 무언가가, 아주 깊은 곳에서부터 다가오고 있었다.

북한, 평양 모처.

컴퓨터 화면이 켜져 있었다.

화면에는 글로벌 네트워크의 취약점이 실시간으로 분석되고 있었다.

"김 사장, 남쪽 놈들이 움직입니다."

"어떤 움직임이지?"

"그럼 더 많은 흔적을 남겨야지."

"…어떻게?"

김 사장은 천천히 노트북을 열었다. 금융 기관 목록이 떠올랐다.

"자본주의 돼지들이 가장 아끼는 것을 건드려야 한다."

서울, 국정원 본부.

이진성은 밤을 새운 얼굴로 모니터를 응시했다. 거친 커피잔이 책상 위에 쌓여 있었다.

"라자루스가 움직입니다."

요원들이 몰려들었다.

모니터에는 전 세계 금융 기관과 기업 네트워크에서 발생하는 해킹 시도가 실시간으로 표시되고 있었다.

"이건 단순한 사이버 공격이 아닙니다. 저놈들은 우리 내부망에도 침투해 있을 가능성이 높아요."

국정원 팀장은 신경질적으로 말했다.

"그럼, 놈들의 흔적을 찾을 수 있나?"

"그게…."

진성은 피곤한 얼굴을 문지르며 말했다.

"우린 지금까지 그들의 공격을 막는 데 집중했어요. 하지만, 이제 우리가 그들을 역추적할 차례입니다."

리사는 노트북을 두드렸다.

\> [Specter] 놈들이 움직였다.

\> [Nyx] 좋아, 그럼 역추적을 시작하지.

\> [Cheshire] 그 전에, 미끼를 던져야겠군.

\> [Specter] 네 생각은?

\> [Cheshire] 간단해. 그들이 원하는 정보를 일부러 흘려주는 거야.

우진이 리사를 쳐다봤다.
"설마 나를 미끼로 쓸 생각이야?"
리사는 피식 웃으며 말했다.
"그럼, 다른 방법이 있어?"
장우진은 헛웃음을 지었다.
"너, 진짜 성격 드럽다."
"알고 있었잖아."

새벽 3시 27분, 우진의 계정에 접근한 흔적이 감지되었다.
"놈들이 움직였다!"
리사는 즉시 키보드를 두드렸다.
"추적 들어갑니다!"
하지만 그 순간, 우진의 목소리가 날카로워졌다.
"잠깐, 역추적이 들어왔어! 우리가 추적당하고 있어!"
이진성은 즉시 판단했다.

"연결 끊지 마! 우리가 흔적을 남기고 나가면, 상대방은 우리가 뭘 찾았는지 알게 돼."

장우진이 손을 바쁘게 움직였다.

"그러면 시간을 벌어야 해. 상대방의 네트워크에 가짜 데이터를 심을까?"

이진성이 결단을 내렸다.

"그래. 하지만 완전히 흔적을 지우면, 오히려 의심받을 수도 있어. 우릴 추적하는 놈들에게 '미끼'를 남기고 나가자. 우진아, 남한 내·외부 단체가 관련된 것처럼 보이게 조작해."

리사가 피식 웃었다.

"진성 오빠, 이거 재미있어지는데."

"우린 장난이 아니야. 한 방에 끝내야 해."

이진성도 손을 바쁘게 움직였다. 국정원 요원들이 달려들어 데이터 흐름을 분석했다.

"북한이 아니라 동남아시아 경유지다!"

"하지만 단순한 프록시 서버가 아니야. 실제 운영 거점일 가능성이 높아!"

장우진이 숨을 몰아쉬며 말했다.

"...그럼, 우리가 먼저 움직여야 해."

이진성의 눈빛이 차가워지며, 우진과 리사를 돌아보며 말했다.

"이제 유령을 잡으러 가보자!"

전쟁이 시작되고 있었다.

그 속에서 리사와 우진은 함께 움직이기 시작했다. 언제부터였을까?

아마도, 장우진이 첫 번째 전화를 받았을 때.

아니, 어쩌면 그보다 더 전부터였을지도.

리사는 노트북을 닫으며 우진과 진성을 바라봤다.

"이제 후퇴할 수도 없어."

진성은 둘을 향해 피곤한 얼굴로 미소를 지었다.

"애초에 후퇴할 생각도 없었어. 끝까지 가보자."

리사는 작게 웃었다.

"좋아. 그럼, 오빠들 믿고 끝까지 가보자!"

두 사람은 다시 모니터를 향해 몸을 기울였다.

라자루스는 아직, 끝나지 않았다.

4부.
약육강식의 세계

» 조작된 균형

이진성은 아침부터 정신없이 움직였다.

국정원에서의 일은 늘 바빴고, 오늘도 마찬가지였다.

그러나 그는 오늘 하루만큼은 다른 이유로 분주했다. 오은영이 강의를 하는 날이었다.

바쁜 일정 속에서도 그는 아내를 놀라게 해주기로 마음먹었다.

점심시간에 맞춰 깜짝 방문할 생각이었다.

강의실 문 앞에서 그는 잠시 숨을 골랐다.

대학 캠퍼스는 그의 일상과는 너무도 다른 분위기를 풍겼다.

이곳에서는 국가 안보나 첩보전 같은 단어 대신, 학문과 지식의 교류가 이루어지고 있었다.

그는 조용히 문을 열고 안으로 들어갔다.

강의실은 조용했다. 오은영이 학생들에게 미국의 동북아 전략을 설명하고 있었다.

"미국은 공식적으로 동맹국의 안정을 최우선으로 내세우지만, 실상을 보면 상황이 다를 수 있어요."

이진성은 한쪽 끝에 조용히 앉아 그녀의 강의를 들었다.

오은영은 PPT 화면을 넘기며 설명을 이어갔다.

"미국은 2025년 1월, 트럼프 행정부가 재출범하면서 동북아 정책을 수정했습니다. 기존의 '균형자 전략'을 유지하는 듯 보였지만, 실제로는 더욱 노골적인 압박과 개입을 시도하고 있습니다. 대표적인 예로, 대만해협과 한반도를 둘러싼 군사적 움직임이 있습니다."

이진성은 그녀의 말투에서 미묘한 흔들림을 느꼈다. 그는 손을 들었다.

"교수님, 그렇다면 미국이 동북아에서 중국을 견제하려는 움직임이 북한과의 비밀 협상과 연결될 수도 있겠군요?"

오은영은 순간적으로 멈칫했다.

그 질문은 예상 밖이었다. 그리고 너무나도 날카로웠다.

그녀의 뇌리에 바실리의 목소리가 떠올랐다.

"너도 들었겠지? 북한 내부에서 뭔가 터지고 있다는 걸."

강의실에선 아무도 이상한 기색을 보이지 않았다.

그러나 그녀의 손끝은 미세하게 떨리고 있었다.

"이 문제는 복잡한 맥락을 가집니다."

그녀는 재빨리 태연한 표정을 지었다.

"미국이 직접 북한과 협상을 한다는 증거는 없습니다. 하지만 여러 정황을 보면, 북한을 활용해 중국을 압박하는 움직임이 감지되죠."

이진성은 그녀의 눈빛을 살폈다.

오은영은 평소처럼 논리적으로 말하고 있었지만, 그 안에는 어떤 숨겨진 불안감이 깃들어 있었다.
그는 가볍게 미소 지으며 말했다.
"좋은 강의였습니다. 점심시간에 잠깐 시간 있어?"
오은영은 애써 웃으며 고개를 끄덕였다.
점심 식사 자리에서 이진성은 무심코 물었다.
"강의에서 말한 미국의 전략, 요즘 들어서 특히 민감해진 것 같네. 국정원에서도 이와 관련된 보고서가 계속 올라오고 있어."
오은영은 젓가락을 들고 멈칫했다.
"구체적으로 어떤 보고서?"
"북한 내부에서 비공식적인 세력이 움직이고 있다는 정황이 포착됐어. 공개된 외교 라인이 아니라, 내부 균열을 활용하려는 움직임이 있는 것 같아."
오은영은 천천히 밥을 씹으며 생각했다.
바실리가 말했던 정보와 일맥상통했다.
미국은 한반도를 단순한 전략적 요충지가 아니라, 하나의 도구로 보고 있었다.
중국을 견제하기 위해, 필요한 도구.
트럼프 행정부가 다시 들어선 이후, 미국은 더 직접적인 개입을 시도하고 있었다.
단순한 경제적 압박이 아니라, 국지적 긴장을 유도해 동북아 역학 구도를 조정하려는 조짐이었다.
그리고 그 과정에서, 북한 내부의 이중계약이 작동하고 있었다.

북한은 표면적으로는 중국과 동맹을 유지하는 듯 보였지만, 러시아와도 손을 잡고, 미국과도 접촉점을 만들고 있었다.

오은영은 차를 한 모금 마시며 물었다.

"그럼, 미국은 북한의 내부 균열을 알고도 놔두고 있다는 거야?"

이진성은 고개를 끄덕였다.

"정확히 말하면, 방관보단 관리에 가깝지. 통제할 수 있는 균열은 하나의 전략 자산이 될 수도 있으니까."

오은영은 조용히 물었다.

"남한 내부는 어떤데?"

이진성은 낮게 대답했다.

"정치권은 복잡하잖아. 최근 일부 보도에선 계엄과 관련된 논의가 언급됐지만, 현재로선 어디까지나 과거 시나리오 수준이야."

오은영의 눈동자가 흔들렸다.

정국은 여전히 불안정했다.

공직자 사임과 탄핵 등 헌법 절차에 따라 정권 대행 체제가 시작됐고, 혼란은 계속됐지만 제도는 작동하고 있었다.

국정원은 이런 상황 속에서도 안보·첩보 체계를 유지하며, 외부의 움직임을 예의주시하고 있었다.

이진성은 며칠 뒤, 정보 보고서를 넘기며 조용히 중얼거렸다.

"국내 혼란은 내부 요인에서 비롯됐지만, 그 틈을 노리는 외부 세력도 반드시 존재해. 균열은 밖에서 시작된 게 아니지만, 지금은 모두가 이용하려 하겠지."

그는 곧장 오은영에게 전화를 걸었다.

"은영아, 오늘 저녁 식사 같이하자."

"알았어. 나도 그러고 싶었어."

그날 저녁 진성과 은영은 모처럼 함께 식사를 즐겼다.

식사를 마치고 커피를 마시며 이진성이 물었다.

"은영아, 최근 북한의 외교 전략이 변하고 있는 것 같은데 교수 입장에서 김정은이 중국보다 러시아 쪽으로 기울 가능성이 있을까?"

오은영은 조용히 커피잔을 내려놓았다.

"북한과 중국의 관계는 복잡해. 한국전쟁 이후로 밀접한 동맹을 유지해 왔지만, 완전한 신뢰 관계라고 보긴 어려워."

이진성이 고개를 끄덕였다.

"김정은이 중국의 영향력을 경계하고 있다는 의미인가?"

"그렇지. 김정일 시절까지만 해도 중국과의 관계가 안정적이었지만, 김정은 체제 이후로는 미묘한 변화가 있었던 것 같아."

"특히, 김정은은 '자립 경제'를 강조하며 중국 의존도를 줄이려 했고, 시진핑도 '북한이 항상 중국 편에 설 것'이라고 확신하진 않고 있어."

오은영은 노트북 화면을 돌려 보이며 설명했다.

"하지만 현실적으로 북한은 중국의 경제적 지원 없이는 유지가 어려워. 그래서 김정은은 중국과의 관계를 유지하면서도, 동시에 러시아와의 협력을 확대하려는 거지."

이진성은 메모하며 생각에 잠겼다.

"결국, 김정은은 중국과 러시아 사이에서 더 큰 이득을 얻으려는 전략을 취하고 있는 거구나."

오은영은 미소를 지었다.

"맞아. 그게 바로 북한의 생존 방식이니까."

그 순간 그녀는 바실리가 했던 마지막 말을 떠올렸다.

"너도 조심해야 해. 네가 알고 있는 것보다 훨씬 많은 것들이 얽혀 있어."

그녀는 이제 확신했다.

자신이 간첩으로서 살아왔던 과거는, 이제 더 큰 그림 속에서 다시 쓰이고 있었다.

이제는 내가 선택해야 한다.

» 다시 움직이는 판

2025년 3월, 워싱턴 D.C.

트럼프는 책상 위의 서류를 툭툭 치며 옆에 서 있는 보좌관을 바라보았다.

마러라고 리조트에서 열린 만찬에서 그가 흘리듯 내뱉은 말이 언론에 다시 오르내리고 있었다.

"김정은은 똑똑한 사람이야. 난 그와 좋은 관계였고, 다시 연락할 거야."

그 말이 끝나자마자 CNN과 뉴욕타임스는 '트럼프-김정은 밀약설'이라는 기사를 쏟아냈다.

마치 오래된 유령이 다시 떠오른 것처럼.

그는 의자에 몸을 깊숙이 묻으며 중얼거렸다.

"멍청한 놈들. 다 아는 얘기를 인제 와서 떠들다니."

보좌관이 조심스럽게 입을 열었다.

"대통령님, 북한 쪽에서 조용한 접촉이 있었습니다."

트럼프는 눈썹을 들었다.

"북한? 직접?"

"네. 공식 채널은 아니고, 2018년 싱가포르 정상회담 때 비공식적으로 주고받았던 채널입니다.

그쪽에서 '약속을 확인하고 싶다'고 합니다."

트럼프는 큼큼하고 헛기침하며 몸을 앞으로 기울였다.

"그들이 뭘 확인하고 싶다는 거지?"

보좌관은 잠시 머뭇거리더니 낮은 목소리로 말했다.

"싱가포르에서 주고받았던 그 약속이라고만 했습니다."

2018년 6월 12일, 싱가포르 센토사 섬.

전 세계가 주목한 역사적인 회담이 막바지에 다다랐다.

기자들 앞에서는 평화적 분위기가 연출됐고, 백악관의 공식 발표는 모두 '완전한 비핵화'와 '한반도 평화'를 강조하고 있었다.

그러나 그 아무도 모르는 진짜 거래는, 모든 공식 일정이 끝난 뒤, 단둘만의 비공개 대화에서 이루어졌다.

미국과 북한의 정상 간 회담이 끝나고, 백악관 관계자와 북한 대표단이 모두 퇴장한 뒤, 트럼프와 김정은 단둘이 남았다.

그때까지 단 한 번도 보이지 않던 김정은의 진짜 얼굴이 드러났다.

그는 트럼프를 바라보며, 조용하지만 단호한 목소리로 말했다.

"대통령님, 한 가지만 묻겠습니다."

트럼프는 흥미롭다는 듯 미소를 지으며 손짓했다.

"말해보게, 김."

김정은은 잠시 머뭇거리다가, 마침내 속내를 드러냈다.

"북한이 정말 위기에 처한다면, 저와 제 가족을 끝까지 지켜줄 수 있습니까?"

트럼프의 눈빛이 살짝 흔들렸다.

김정은의 말은, 단순한 외교적 수사(修辭)가 아니었다. 진심이었다.

그가 정말로 걱정하는 것은 체제의 유지뿐만 아니라, 자신의 생존이었다.

김정은은 자기 친형이었던 김정남이 말레이시아에서 암살된 사건을 떠올렸다.

권력 내부에서도, 외부에서도, 그는 언제든 제거될 수 있는 운명이었다.

그는 모든 가능성을 대비해야 했다.

트럼프는 잠시 고민하는 척하다가 별문제 없다는 표정이었다.

"김, 나는 너를 보호할 수 있다."

트럼프는 한순간 말을 멈추고, 손을 깍지 낀 채 김정은을 바라보았다.

그의 머릿속에서는 여러 가지 계산이 동시에 이루어지고 있었다.

김정은이 이 질문을 한다는 것은, 결국 자신의 체제가 영원하지 않다는 것을 인정하는 것과 같다.

그렇다면 미국이 그의 생존을 보장해 준다면, 북한을 장기적으로 길들이는 것도 가능하지 않을까?

그리고 무엇보다도, 김정은이 미국을 믿도록 만드는 것이 중국을 견제하는 데 핵심적인 역할을 할 수도 있다.

트럼프는 천천히 입을 열었다.

"김, 나는 약속할 수 있다. 만약 네가 진정으로 협력한다면, 네가 위기에 처했을 때 나는 너를 보호할 거야."

김정은은 미묘한 표정을 지으며 트럼프를 바라보았다.

트럼프는 한술 더 떠서 말했다.

"너뿐만 아니라, 네 가족까지. 북한이 무너지거나, 네가 위험해진다면, 나는 너를 안전한 곳으로 데려갈 방법을 알고 있다."

김정은의 손끝이 미세하게 떨렸다.

"구체적으로 어떻게 보호해 줄 겁니까?"

트럼프는 피식 웃으며 대답했다.

"김, 너는 너무 많은 질문을 하는군. 하지만 걱정하지 마라. 나는 대통령이다. 내가 원하는 것은 네가 나와 협력하는 것뿐이다. 만약 우리가 끝까지 손을 잡는다면, 나는 너를 절대 배신하지 않을 거야."

김정은은 깊은 한숨을 쉬며 다시 입을 열었다.

"좋습니다. 그렇다면 나도 한 가지 더 약속해야겠습니다. 만약 제가 진정으로 대통령님과 협력하기로 한다면, 중국과 거리를 두고 새로운 길을 모색할 것입니다."

이 말에 트럼프는 미소를 지었다.

그가 원하던 말이었다.

트럼프는 자리에서 일어나 김정은에게 손을 내밀었다.

"좋아, 김. 그럼 우리는 친구가 되는 거야."

김정은도 자리에서 일어나 그 손을 맞잡았다.

그 악수는 단순한 외교적 제스처가 아니었다.

그것은 하나의 밀약이었다.

회담이 끝난 후, 두 정상은 기자들 앞에서 평온한 표정으로 다시 모습을 드러냈다.

그러나 그들이 주고받은 진짜 약속은, 공식 발표 어디에도 포함되지 않았다.

"미국은 북한의 체제 유지와 김정은과 그 가족의 신변 보호를 보장한다."

"대신 김정은은 중국을 미국이 원하는 방향으로 움직이게 한다."

그리고 이 밀약은, 트럼프의 재집권 후 다시 한번 불씨를 피우게 된다.

2025년, 트럼프가 다시 대통령이 된 후, 그는 기자들 앞에서 이렇게 말했다.

"김정은은 똑똑한 사람이다. 우리는 아주 좋은 관계를 맺고 있다. 조만간 다시 연락을 주고받을 것이다."

전 세계는 이 발언을 단순한 허풍이나 외교적 멘트로 해석했다.

그러나 진실을 아는 자들은 달랐다.

백악관 비밀 채널에서는, 이미 북한과의 비공식 접촉이 시작되고 있었다.

그들이 주고받은 그날의 약속이, 다시 한번 현실이 될 날이 오고 있었다.

» 러시아의 판단

2025년 4월 말, 서울 남산의 한 호텔 라운지.

라운지 창가 자리는 비교적 한산했다.

오은영은 테이블 위에 놓인 커피잔을 바라보며 천천히 숨을 골랐다.

그녀의 앞에 앉아 있는 남자는 처음 보는 얼굴이었지만, 왠지 익숙한 느낌이 들었다.

"아니, 익숙한 느낌이 아니라…. 익숙한 방식이다."

그 남자는 처음부터 자신을 "김석진"이라고 소개했다.

하지만 은영은 금세 알아챘다.

국정원 소속.

"바쁘실 텐데, 나 같은 사람을 왜 보자고 한 거죠?"

남자는 미소를 지으며 조용히 말을 이었다.

"오 교수님, 교수님께 질문 하나 드려도 될까요?"

"질문이라뇨?"

"2018년 싱가포르에서 김정은과 트럼프가 나눈 대화의 비공식적 부분을 아십니까?"

오은영의 손끝이 미세하게 떨렸다.

"이 남자, 뭐지?"

그녀는 짐짓 태연하게 웃으며 되물었다.

"그때 회담에 참석한 사람이 아니고서야, 어떻게 그런 걸 알 수 있죠?"

남자는 천천히 주머니에서 무언가를 꺼내 테이블 위에 올려 놨다.

오래된 USB.

"이 안에, 아주 흥미로운 것들이 들어 있습니다."

오은영은 그 USB를 쳐다보며 순간 머릿속이 빠르게 돌아갔다.

"국정원에서 나를 테스트하는 건가? 아니면…. 진짜 정보인가?"

"이걸 왜 저에게 주시죠?"

남자는 커피를 한 모금 마시며 의미심장한 미소를 지었다.

"이걸 열어볼 수 있는 사람이 많지 않아서요."

오은영 심호흡을 한 번 한 뒤 USB를 집어 들었다.

그 순간, 남자가 덧붙였다.

"아, 그리고 한 가지 더."

"네?"

"바실리 교수님, 잘 지내십니까?"

그녀는 순간 얼어붙었다.

"이 남자…. 바 실리에 대해 뭘 알고 있는 거야?"

남자는 그녀의 반응을 확인하고 만족스럽다는 듯 자리에서 일어났다.

"그럼, 교수님. USB 내용 확인하시고, 언제든 연락해 주세요."

그는 조용히 명함 하나를 테이블에 내려놓고 사라졌다.

오은영의 연구실.

USB를 연결하자, 암호 입력 창이 떴다.

"암호…?"

그녀는 러시아에 머물던 시절이 갑자기 생각났다.

러시아, 상트페테르부르크. 겨울의 한밤중.

은영은 두꺼운 코트를 여미며 연구소 문을 나섰다.

러시아에서 보낸 몇 달 동안, 바실리와 함께 연구했던 시간은 예상보다 훨씬 의미 깊은 것이 되었다.

그때, 바실리가 급히 그녀를 불러 세웠다.

"은영, 오늘 밤 이후로 내가 한동안 연락이 안 될 거야."

그의 표정은 심각했다. 평소의 여유롭던 모습은 온데간데없었다.

"무슨 일이에요?"

바실리는 주변을 한 번 살피더니, 조용히 말했다.

"조용히 들어. 나는 교수라는 직업만 가진 게 아니야."

은영은 순간 이해하지 못했다. 하지만 바실리의 다음 말이 모든 걸 설명했다.

"내 본업은 러시아 연방보안국(FSB) 요원이야."

은영은 순간 숨이 멎는 것 같았다.

"…뭐라고요?"

"이제 알았겠지만, 나는 단순한 교수도, 단순한 암호학자가 아니야. 그리고 너 역시 여기에 온 목적과 이유를 알고 있어. 그래서 내가 솔직히 말해주는 거야."

바실리는 깊은 한숨을 쉬며 말을 이었다.

"내가 맡은 임무가 예상보다 훨씬 위험한 방향으로 흘러가고 있어. 당분간은 내 흔적을 완전히 지워야 해."

"사라진다는 뜻인가요?"

"그보다는…. 보이지 않는 곳에서 움직여야 한다는 뜻이지."

은영은 바실리를 바라보았다.

그가 하는 말이 단순한 경고가 아니라는 것을 깨닫는 데는 오래 걸리지 않았다.

"은영, 우리 사이에 하나의 암호를 남겨두지 않을래?"

"암호요?"

"네가 나를 기억해야 하는 순간이 오면, 이걸 떠올려."

바실리는 창밖을 바라보며 중얼거렸다.

"Снег."

"…스네그?"

"러시아어로 '눈(雪)'이라는 뜻이야."

그녀는 그 순간을 기억했다.

러시아에 처음 도착했을 때, 그녀는 바실리와 함께 창밖을 바라보며 흩날리는 눈을 가리키며 물었다.

"이걸 러시아어로 뭐라고 해요?"

바실리는 미소 지으며 말했다.

"Снег(스네그). 러시아에서 가장 흔히 볼 수 있지만, 결코 같은 모습으로 남아 있지 않는 것."

그녀는 그 말을 기억하고 있었다.

그날 이후, 바실리는 흔적도 없이 사라졌다.

예전의 기억에서 깨어나자, 모니터의 깜빡이는 암호 입력 창이 다시 눈에 들어왔다.

"암호…?"

손끝이 자연스럽게 키보드 위를 움직였다.

[Снег]

짧은 순간, 화면이 깜빡이더니 파일 목록이 떠올랐다.

그리고 그녀는 숨을 멈췄다.

> 2018년 싱가포르 정상회담 비공식 대화 녹취록 (기밀 등급: 최고 보안)

트럼프: "좋아요, 김 위원장. 우리 서로 솔직해집시다."

김정은: "난 오직 한 가지를 원합니다. 내 가족과 나를…. 마지막 순간까지 지켜줄 수 있습니까?"

트럼프: "그건 당신이 우리에게 얼마나 유용하느냐에 달려 있죠."

김정은: "당신이 재선에 성공하면, 그때 다시 이야기해 봅시다."

오은영 충격을 받은 채 화면을 응시했다.

"트럼프가 김정은의 안전을 보장하기로 했다고…?"

그녀는 재빨리 남은 파일들을 확인했다.

그리고 또 하나의 문서를 발견했다.
> 2024년 3월 - 러시아 FSB 내부 정보 보고
"북한이 미국과 접촉을 시도한 정황이 포착됨.
현재 평양-워싱턴 간 비밀 루트가 가동 중일 가능성 있음."
"푸틴 대통령께 보고 완료. FSB는 북한의 배신 가능성에 대해 경고함."
"이거면…. 러시아가 북한을 의심하기 시작한 게 확실하군."
그런데. 그 아래, 하나의 손글씨 메모 파일이 있었다.
"이진성을 믿지 마라."
오은영은 순간 한기를 느꼈다.
"…뭐?"
그녀의 손이 떨렸다.
"이건…. 바실리의 필체다."
그렇다면, 바실리는 도대체 무슨 뜻으로 이 말을 남긴 걸까?
이진성이 나를 의심하는 건가, 아니면…?
오은영 본능적으로 책상을 내려다봤다.
명함이 아직 그 자리에 놓여 있었다.
그 위에는 선명하게 적혀 있었다.
"김석진 - 국가정보원 동북아팀"
그리고, 명함의 뒷면에는 작은 글씨로 한 문장이 적혀 있었다.
"당신 남편은 이 모든 걸 알고 있다."

2025년 1월, 블라디보스토크 – FSB 비밀 감찰실

이반 드미트리예프는 보고서를 덮고 조용히 중얼거렸다.

"오은영…. 이 여자는 이제 선택해야 할 것이다."

그가 책상 위의 버튼을 눌렀다.

잠시 후, 스피커에서 한 목소리가 들려왔다.

"바실리는 아직 말이 없습니까?"

이반은 담배를 문 채 창밖을 바라보았다.

"아니, 이제 말하기 시작했지."

그의 입가에 서늘한 미소가 번졌다.

"그리고…. 아주 흥미로운 걸 말해줬어."

» 중국과 북한의 상호 협정

베이징 외곽, 철저히 차단된 비밀 시설.

이곳은 중국 국가안전부(MSS)가 운영하는 '비공식 협상 구역'이었다.

공식적인 외교 채널이 아닌, 중국이 직접 선택한 자들과 거래하는 장소였다.

북한 대표단이 회담장에 도착했을 때, 그들을 맞이한 것은 중국 외교부가 아니라, MSS(국가안전부) 고위 요원들이었다.

외교적 수사가 아닌, 정보기관의 냉정한 거래가 이루어질 분위기.

리주실는 여유로운 표정으로 좌석에 앉았다.

그녀의 앞에는 중국 MSS 차관급 인사, 쑨타오(孫濤)가 있었다.

쑨타오는 북한 대표단을 둘러보며 차분하게 입을 열었다.

"북한이 우리를 이용하려 한다는 의심이 많소."

"러시아와의 협력, 미국과의 접촉…. 우리도 바보가 아니오."

리주실은 미소를 지었다.

"중국도 마찬가지 아닙니까?"

"우리 몰래 북한 내부 정보를 추적하고, 러시아와도 비밀 대화를 나누고 있지 않습니까?"

쑨타오는 가볍게 웃었다.

"그렇소. 국제 정치란 그런 것이니까."

리주실은 천천히 태블릿을 열었다.

그 안에는 한반도의 군사 지형 분석, 한국 정치적 불안정성, 계엄령 이후의 내부 동향 등이 정리된 문서가 있었다.

"현재 남조선은 내부 정국이 혼란스러운 상태입니다."

"대통령이 계엄을 선포한 뒤 재판이 진행 중이고, 군 내부에서도 갈등이 존재합니다.

우리는 이 혼란을 이용할 수 있습니다."

쑨타오는 태블릿을 확인하며 조용히 말했다.

"우리에게 원하는 것이 무엇이오?"

리주실은 피식 웃으며 말했다.

"대만을 원하십니까? 우리는 미군의 발목을 잡아줄 수 있습니다."

회담장에는 긴장이 감돌았다.

중국이 대만 침공을 준비하고 있다는 것은 기정사실이었지만, 북한이 이를 '거래 카드'로 사용할 거라고 예상한 사람은 많지 않았다.

"대만 침공이 시작되면, 한반도에서 긴장을 고조시키겠습니다. 휴전선에서의 실제 군사행동을 하는 것에 대해서도 군사적 충돌 가능성을 열어둘 수 있다는 것입니다. 미국은 대만과 한반도 사이에서 선택을 강요받게 될 겁니다."

쑨타오는 한동안 침묵했다.

그는 북한이 '독립적인 협상 전략'을 가지고 있다는 것을 분명히 알았다.

"북한이 러시아와 가까워지는 것을 중국이 우려하고 있다는 걸 알고 계십니까?"

리주실은 태연하게 웃었다.

"중국이 우리를 신뢰하지 않는 것도 알고 있습니다. 그렇다고 우리가 중국만 바라보고 있을 수는 없겠지요."

쑨타오는 한숨을 쉬었다.

"좋소. 하지만 분명히 하시오. 우리는 북한이 미국과 어떤 접촉도 하지 않는다는 확약을 원하오. 러시아와의 군사 협력도 일정 수준을 넘어서지 않아야 하오."

리주실은 잔을 들어 차를 한 모금 마셨다.

"협상은 서로의 필요를 맞추는 과정이지, 일방적인 요구를 들어주는 것이 아닙니다."

쑨타오는 손가락을 톡톡 두드리며 말했다.

"우리가 북한을 더 이상 지원하지 않는다면?"

리주실은 차분한 목소리로 말했다.

"중국이 북한을 포기할 수 있을까요? 우리가 없는 동북아를 원하시나요?"

쑨타오는 미소를 지었다.

"하하하…. 역시, 리 동무! 당신은 우리가 쉽게 다룰 수 있는 상대가 아니군요."

회담이 끝난 후, 쑨타오는 따로 MSS 요원들과 내부 회의를 열었다.

"리주실이라는 여자를 그냥 두어도 되겠습니까?"

"쉽지 않은 상대야."

"그녀는 단순한 협상가가 아닙니다. 실질적인 북한의 전략 기획자인 듯 합니다. 우리가 조선 내부를 흔들려면, 이 여자의 동선을 추적해야 합니다."

쑨타오는 심각한 표정을 지었다.

"북한이 중국 없이도 버틸 수 있다고 착각하지 않도록 해야 한다. 필요하면 '우리식 방식'으로 견제할 준비도 해야 한다."

김정은은 차트가 가득한 보고서를 조용히 넘겨보고 있었다.

리주실과 군사·정보 전략 담당 고위 간부들이 자리하고 있었다.

김정은은 서류를 덮으며 물었다.

"중국놈들이 우리가 원하는 대로 움직이겠나?"

리주실은 고개를 끄덕였다.

"놈들은 아직 우리를 완전히 믿지는 않지만, 우리가 쉽게 무너질 존재가 아니라는 것은 확실히 알고 있습니다."

김정은은 미소를 지으며 자리에서 일어났다.

"조선은 더 이상 끌려다니는 존재가 아니야. 이제는 우리가 국제 판세를 흔들어야 한다."

그러나, 그는 곧 차갑게 말했다.

"하지만 마담이 정확히 우리를 어디까지 끌고 가려는지, 그것도 반드시 검증해야겠지."

리주실은 순간적으로 표정을 관리했다.

김정은은 그녀를 똑바로 바라보며 말했다.

"이번 작전도 마담이 설계한 시나리오겠지? 하지만 중간 과정들은 내가 직접 검토하겠소."

리주실은 자리에서 일어나, 차분한 목소리로 말했다.

"그리하겠습니다, 최고지도자 동지."

김정은은 짧게 웃었다.

"그래, 이번에도 마담의 설계를 믿어 보지."

» 피터의 메시지

　장철진은 휴대전화 화면을 뚫어지게 바라보았다. 피터의 메시지는 단 세 줄이었다.
　"오랜만이다. 오래전 가을에 본 풍경이 떠오르네. 네가 좋아하던 그곳."
　이해할 수 없는 문장이었다.
　평범한 안부 인사처럼 보였지만, 피터가 갑자기 이런 말을 보낼 리 없었다.
　그는 감이 빠른 사람이었고, 불필요한 말을 하지 않는 성격이었다.
　게다가, 피터는 언제나 직설적인 사람이었다.
　'오래전 가을에 본 풍경…. 네가 좋아하던 곳….'
　머릿속에서 과거의 기억을 더듬었다.
　그와 피터는 몇 번 사적으로 만난 적이 있었다. 하지만 특정한 장소가 떠오르지 않았다.
　직감적으로 이상함을 느낀 그는 바로 피터에게 전화를 걸었다. 신호음만 길게 울릴 뿐, 응답이 없었다. 다시 몇 차례 걸어봤지만, 같은 결과였다.

이상했다. 피터는 연락이 끊어질 사람이 아니었다.

그는 원칙적으로 움직였고, 사라질 때는 반드시 사전에 알리는 사람이었다.

불길한 예감이 들기 시작했다.

혹시 CIA 내부에서 무언가가 일어나고 있는 걸까?

의심을 확인하기 위해 그는 CIA 내부의 몇몇 인맥들에게 접촉을 시도했다.

'피터가 연락이 안 된다.'라는 말에 상대들은 순간 침묵했다.

그러고는 조심스럽게 입을 열었다.

"며칠 전부터 피터가 보이지 않아. 휴가를 간 것도 아닌데, 사무실에서 흔적이 사라졌어. 누구도 그에 대해 함부로 말하지 않아. 이상해."

장철진의 머릿속이 복잡해졌다.

피터가 남긴 메시지는 단순한 안부 인사가 아니라, 뭔가를 전달하려는 의도가 분명했다.

그러나 그는 명확한 정보를 남길 수 없는 처지였고, 감시망을 피하고자 우회적으로 메시지를 남긴 것 같았다.

그렇다면 '오래전 가을에 본 풍경'이란 대체 무엇을 의미하는 걸까?

피터가 남긴 흔적을 추적해야 했다.

그러나 그의 행방이 묘연해진 이상, 직접 발로 뛰어야만 했다.

도널드 트럼프 대통령이 재임 동안, 미국 중앙정보국(CIA) 내부에서는 치열한 정치적 갈등과 권력 다툼이 벌어졌다.

트럼프 행정부는 취임 초기부터 연방 공무원 대량 해고와 같은 강력한 인사 조처를 단행하며, 정부 기관의 재편을 시도했다.

이러한 대규모 인사 조처는 CIA를 비롯한 정보기관에도 영향을 미치고 있었다.

CIA는 전 직원에게 '조기 퇴직'을 제안하며 내부 구조조정에 착수했으며, 이는 내부 요원들의 사기 저하와 불안을 가중하면서, CIA 내부의 분위기는 최근 급격하게 변하고 있었다.

동북아 전략을 놓고 내부적으로 격렬한 의견 충돌이 있었고, 해고된 요원들 사이에서는 정부의 기조에 반대하는 움직임이 감지되었다.

피터 역시 이에 반발했던 인물 중 하나였다.

만약 그가 사라졌다면, 그것은 단순한 휴가나 전출이 아니라, 강제적인 조치일 가능성이 높았다.

장철진은 곧바로 행동에 나섰다.

피터가 남긴 흔적을 따라가기 위해, 그의 마지막 동선을 추적하기 시작했다.

하지만 시간이 많지 않았다.

그가 남긴 메시지가 무엇을 의미하는지 알아내지 못한다면, 피터는 영영 사라질 수도 있었다.

장철진은 워싱턴행 비행기 안에서 눈을 감고 깊은 생각에 잠겼다.

피터가 남긴 메시지는 분명 암호였다.

'오랜만이다. 오래전 가을에 본 풍경이 떠오르네. 네가 좋아하던 그곳.'

단순한 문장 같지만, 이 안에 무언가 중요한 의미가 숨겨져 있을 터였다.

그는 몇 년 전 피터와 함께했던 시간을 떠올렸다.

CIA 본부 근처, 펜타곤 뒤쪽의 작은 공원, 뉴욕 출장 중 들렀던 어느 카페….

하지만 결정적으로 특정한 장소가 기억나지 않았다.

단순한 감상이 아니라, 반드시 그 장소에서 무언가를 찾으라는 의미일 것이다.

비행기 창 밖으로 펼쳐진 구름 너머로 대서양이 희미하게 보였다.

그는 천천히 숨을 내쉬었다.

미국에 도착하면 피터의 행적을 좇아야 한다.

문제는 피터가 이미 흔적 없이 사라졌다는 점이었다.

워싱턴에 도착하자마자, 장철진은 가장 먼저 피터가 마지막으로 출근했던 CIA 본부 근처를 탐색했다. 피터와 친분이 있던 몇몇 요원들에게 접촉을 시도했지만, 그들의 반응은 냉담했다.

"피터? 글쎄, 최근 며칠 동안 본 적이 없어."

"자네도 아는 거 아니었어? 피터가 자진 사직하고 떠났다고 하던데?"

하지만 그것이 사실이 아닐 가능성이 컸다.

피터가 사전 인사 없이 떠났다는 것은 상식적으로 말이 안

됐다.

　게다가 몇몇 요원들은 피터의 이름이 나오자, 순간적으로 표정이 굳어졌다.

　무언가를 숨기고 있는 것이 분명했다.

　그는 곧바로 피터의 집으로 향했다.

　피터의 아내인 소피아에게 연락을 시도했지만, 전화는 꺼져 있었다.

　'무슨 일이 벌어진 거지…?'

　그는 집 근처에서 기다리며 소피아의 친구 몇 명에게 연락했다.

　그들은 소피아가 이틀 전까지는 집에 있었지만, 어제부터 갑자기 연락이 끊어졌다고 했다.

　장철진은 본능적으로 감시당하고 있다는 기분이 들었다.

　그날 밤, 호텔로 돌아가는 길목에서 그는 이상한 기운을 감지했다.

　몇명의 사내가 일정한 거리를 두고 따라오고 있었다.

　'놈들이 왔군.'

　그는 일부러 좁은 골목으로 빠졌다.

　그리고 바로 그 순간—

　탕! 탕!

　총성이 울렸다.

　본능적으로 몸을 낮추며 어둠 속으로 몸을 날렸다.

　벽돌 벽에 박힌 총알이 깨지며 흩어졌다.

'제길, 놈들이 예상보다 빨리 움직이네.'

그는 골목을 빠져나와 반대편 거리로 뛰었다.

뒤에서 또다시 총성이 울렸고, 총알이 그의 머리 위를 스쳐 갔다.

적어도 두 명, 아니, 세 명 이상이 뒤를 쫓고 있었다.

주머니에서 작은 손거울을 꺼내 슬쩍 비추자, 검은 후드티를 쓴 남자들이 건물 사이로 빠르게 이동하는 모습이 보였다. 그들은 훈련된 움직임이었다.

장철진은 재빨리 허리춤에서 권총을 빼 들고 사각지대로 몸을 숨겼다.

심장이 빠르게 뛰었다.

순간, 오른쪽에서 또 다른 기척이 들려왔다.

그는 벽에 등을 대고 숨을 죽였다. 상대도 기다리고 있었다.

'도망치는 건 의미가 없어.'

그는 가볍게 숨을 들이마신 후, 재빨리 몸을 틀며 방아쇠를 당겼다.

탕!

짧은 비명이 들렸다.

그림자 하나가 쓰러졌고, 남은 두 명이 소리를 죽이며 움직였다.

하지만 그는 더 싸울 수 없었다.

어차피 오래 버틸수록 불리한 싸움이었다.

그는 반대편 골목으로 전력 질주했다.

도로 끝에 다다르자, 마침 경찰차의 붉은 불빛이 희미하게 보였다.

놈들은 총을 쏘지 않았다.

'경찰이 개입하는 건 원하지 않는 거군.'

그는 빠르게 판단했다. 이대로 계속 움직이는 게 상책이었다.

간신히 호텔에 도착했을 때, 그는 더 깊은 문제와 마주해야 했다.

방문을 열자마자 감지된 익숙한 냄새….

'침입당했다.'

옷장 문이 살짝 열려 있었고, 서랍도 반쯤 열려 있었다.

책상 위에 두었던 개인 노트북이 사라졌다. 그의 가방도 뒤져진 흔적이 역력했다.

'이미 내 흔적을 추적하고 있었다는 거군.'

그는 즉시 방을 나왔다. 같은 호텔에 더 머물 수 없었다.

그날 밤, 그는 다른 지역의 작은 모텔로 숙소를 옮겼다.

그리고 본부로 긴급 보고를 올렸다.

피터가 사라진 이유가 단순한 내부 분쟁이 아니며, 자신도 감시당하고 있고 누군가 제거하려 했다는 사실을 전했다.

같은 날 오후 10시, 서울.

오은영은 조심스럽게 노트북을 열었다. 이진성은 무표정하게 그녀를 바라봤다.

"이석진이라고 혹시 알아요?"

"대공첩보과 과장. 왜? 당신이 어떻게 알아"

"며칠 전에 찾아왔어요. 이걸 보여주더군요."

그녀는 USB를 꽂았다. 잠시 후, 화면에 문서가 떴다.

2018년 6월 – 싱가포르 정상회담 비공식 대화 녹취록(기밀 등급: 최고 보안)

트럼프: "좋아요, 김 위원장. 우리 서로 솔직해집시다."

김정은: "난 오직 한 가지를 원합니다. 내 가족과 나를…. 마지막 순간까지 지켜줄 수 있습니까?"

트럼프: "그건 당신이 우리에게 얼마나 유용하느냐에 달려 있죠."

김정은: "당신이 재선에 성공하면, 그때 다시 이야기해 봅시다."

이진성의 표정이 굳었다.

"…김정은이 미국과 거래를 했다는 거네."

"그리고 또 하나 있어요."

오은영은 다른 문서를 열었다.

2024년 3월 – 러시아 FSB 내부 보고

"북한이 미국과 접촉을 시도한 정황이 포착됨. 현재 평양-워싱턴 간 비밀 루트가 가동 중일 가능성 있음."

"푸틴 대통령께 보고 완료. FSB는 북한의 배신 가능성에 대해 경고함."

이진성은 화면을 한참 바라보다가 천천히 말했다.

"푸틴이 이걸 알고 있었다면, 미국이 북한을 이용하려 했다는 것도 파악하고 있었겠지."

그는 조용히 고개를 돌려 아내를 바라보며 낮은 목소리로 말했다.

"근데…. 이상하지 않아? 그 이석진 과장이, 당신한테 왜 이런 걸 줬어?"

오은영은 짧은 숨을 들이켰다. 예상했던 질문이었다.

"나도 정확히는 몰라. 처음엔 그냥 외교 자료 해석 부탁하는 건 줄 알았어."

그녀는 화면을 내리며 조용히 말을 이었다.

"내가 국내에 들어오기 전에 한동안 독일, 러시아 쪽에서 활동했잖아. 관련 논문도 냈고. 그 사람이 그러더라고. 내가 국제 정치 쪽에서 분석 능력이 있으니까, 정식루트로 맡기면 시간 오래 걸리고 노출될 수도 있으니까…. 직접 좀 도와 달라고."

그녀는 미소를 지었지만, 눈빛은 어딘가 멍했다.

"사실 이상하긴 했어. 그래서 당신한테도 말 못 했어. 괜히 걱정할까 봐."

이진성은 그녀의 눈을 바라보았다.

의심은 남았지만, 지금은 더 묻지 않았다.

"피터가 이 사실을 알고 있었을지도 모르겠군."

그 순간, 은영의 머릿속에 바실리의 마지막 경고가 떠올랐다.

"북한은 널 버릴 거야."

그 말은 그저 하나의 경고로만 여겨졌었다.

하지만 지금, 그 경고가 단순한 위협이 아니었음을 오은영은 직감적으로 느끼고 있었다.

다음 날, 국정원은 추가 지원을 결정했다.
피터가 남긴 단서를 추적하기 위해선 더 정밀한 작업이 필요했다.
그리고 장철진과 호흡을 맞추며 긴급한 상황에서도 빠르게 대응할 수 있는 인물….
이진성이 미국으로 향했다.
그는 한국을 떠나기 전 짧게 한 마디를 남겼다.
"네가 미국에서 난리 치는 거 보니, 꽤 재미있겠군."
장철진과 이진성은 다시 만난 순간부터 빠르게 상황을 정리했다.
숙소를 옮기고, 서로의 연락망을 점검한 후, 이진성은 한 번 더 피터의 주변 인물들을 조사하겠다고 나섰다.
그는 곧장 피터와 가까웠던 사람들, 그리고 그와 관계에서 갈등을 일으켰던 CIA 요원들을 리스트로 작성했다.
이진성은 생각했다.
"단순한 인물들이 아니라, 서로 얽힌 관계 속에서 피터가 남긴 의도나 메시지가 숨어 있을지 몰라."

그렇게 시작된 탐문.
이진성은 직접 현장을 돌며 몇몇 주변을 살폈다.

어딘가 미심쩍은 일이 있었다.

몇 명의 요원들이 자주 출몰하는 한 호텔이 그가 집중할 곳이었다.

이진성은 감각적으로 그들이 뭔가 수상한 움직임을 보였다는 것을 직감했다.

그리고 그들이 들어선 호텔에서, 이진성은 뜻밖의 인물을 마주쳤다.

바로 북한의 리주실이었다.

리주실. 그 이름을 들었을 때, 이진성의 가슴 속에서 무언가 섬뜩한 떨림이 일었다.

사이(Lisa)와의 첫 만남에서 그녀의 해킹을 통해 얻게 된 정보.

이진성은 리주실이 미국과 접촉을 시도했다는 정보를 얻었었다.

그 모든 조각이 서서히 하나의 그림을 그리기 시작했다.

미국과 리주실, 그리고 그들이 얽힌 복잡한 음모가, 단지 우연으로 일어난 일일 리가 없었다.

"이제부터는, 이 둘을 놓치지 말아야겠다."

하지만, 리주실이 미국이 뒤얽힌 상황을 파악하려면 더 많은 정보가 필요했다.

그가 이 호텔에 계속 있어 봐야 손에 쥐는 것이 없다는 것을 이진성은 잘 알고 있었다.

가까이 접근하기 힘들다는 사실도 분명했다.

리주실은 결코 쉽게 접근할 수 있는 인물이 아니었고, 북한의 수많은 요원이 그녀를 보호하고 있었다. 이진성은 주변에서 얻을 수 있는 정보들을 조금씩 모으기 시작했다.

'라자루스 공격'과 '대만 공격'에 대한 단편적인 파편들이었다.

하지만, 그 정보들은 아직 불완전했다.

그 와중에, 이진성은 자신이 발각되었음을 느꼈다.

눈썰미가 뛰어난 그는, 미묘한 느낌으로 북한 요원들의 움직임을 감지했다.

그 순간, 상황은 일촉즉발로 변했다.

하지만 이진성은 북파공작원 팀장 출신답게, 그 누구보다 빠르고, 정확하게 요원들을 제압했다.

피터의 사건에 대한 실마리는 그저 시작일 뿐이었다.

이진성은 그들이 나눈 대화의 내용을 쫓으며, 걸음을 재촉했다.

"무슨 말을 했을까?"

그가 그런 생각을 하며 걷고 있을 때, 우연히 길거리에서 다시 한번 그 포스터가 그의 시선을 사로잡았다.

그 포스터—'가을 경치에 대한 사진 전시회'.

공항에서 무심코 지나쳤던 그것이, 이제는 그의 머릿속에서 뚜렷하게 떠올랐다.

'그 전시회….'

이진성은 갑자기 뭔가 떠오르고 있었다.

이게 피터와 리주실을 추적하는 데 있어 중요한 실마리가 될 수 있다는 느낌이 들었다.

그는 급히 철진에게 연락했다.

"철진아, 그 전시회를 찾아가 봐야겠어. 그곳에 뭔가 있을 것 같아. 피터가 남긴, 그들이 숨기고 있는 진실을 찾기 위한 단서가 분명히 있을 거야."

이진성은 그 길로 전시회가 열리는 장소를 찾아가기로 결심했다.

피터의 흔적과 리주실의 목적이 이곳에서 풀릴지도 모른다는 확신이 들었다.

이진성은 가을 전시회에 도착하자마자 그가 찾고 있던 사진을 발견했다.

"오랜만이다. 오래전 가을에 본 풍경이 떠오르네. 네가 좋아하던 그곳."

이 메시지가 떠오른 사진이 바로 그것이었다.

전시회 한쪽 벽에 걸린, 붉고 노랗게 물든 가을 풍경 속의 고즈넉한 성당 사진.

그리고 이진성의 눈에 띤 것은 그 액자 속 사진에 하트 모양 스티커였다.

그 하트는 단순히 감정을 표현하는 기호가 아니었다.

그림 속에 그려진 하트 안에는 'P.T.'라는 이니셜이 새겨져 있었다.

"피터…."

이진성은 입을 열었다.

P.T.는 피터의 이니셜을 의미했고, 그 의미는 단순히 개인적인 감정의 표출이 아니었다.

P.T.는 그들이 계획했던 일련의 사건들과 연결되는 중요한 단서였다.

가을과 관련된 사진 속, 하트 모양에 'P.T.'가 새겨진 것은 단순한 장식이 아니었다.

그것은 피터가 사라지기 전에 남긴 마지막 메시지로, 이 사진의 제목은 "Falling Leaves, Remembering the Past"였고, 그 아래에는 날짜와 장소가 적혀 있었다.

"4.8 / 13:45 / 5th & Constitution NW"그게 바로 피터가 남긴 단서였다.

이진성은 잠시 멈칫했다.

그 코드가 그저 우연의 일치일 리 없다는 것을 직감했다.

그 코드가 연결된 장소는 워싱턴 D.C.의 국립 기록 보관소였고, 그곳에서 중요한 자료가 있을 것이라는 확신이 들었다.

"피터가 이걸 남긴 건 분명히 의미가 있을 거야."

이진성은 그곳으로 가기 위해 길을 나섰다. 그곳에서, 무엇인가를 찾을 수 있을 거라고 믿었다.

국립 기록 보관소에 도착한 진성과 철진은 건물 내부로 들어갔다.

그곳은 마치 시간의 흐름을 멈춘 듯한 고요한 분위기였다.

이진성은 안내 직원에게 사진에서 얻은 정보를 전달하고, 그에 해당하는 문서를 요청했다.

얼마 지나지 않아, 직원은 고서들 속에서 한 권의 책을 꺼냈다.

책의 제목은 "The Shifting Powers: A History of Global Politics"였고, 4월 8일 오후 1시 45분에 기록된 내용이 들어 있는 문서라고 했다.

그는 책을 열었다.

표지부터 약간 낡은 느낌이 들었지만, 그 내부를 펼쳐보니 그곳에는 예상치 못한 빈 페이지들만 있을 뿐이었다.

"이게 무슨…."

그들은 실망감을 감추지 못했다.

사진 속에 담긴 코드와 장소, 시간, 심지어 제목까지도 그의 직감을 자극했지만, 실제 책 속에는 아무것도 없는 것이었다.

그저 몇 줄의 먼지와 시간이 지나간 흔적들뿐이었다.

책을 다시 덮으려던 순간, 그는 책장 뒷면에서 이상한 것을 발견했다.

책장이 약간 벌어져 있었고, 그 안에 작게 접힌 메모지가 숨겨져 있었다.

이진성은 그 메모지를 꺼내어 펼쳤다. 그 속에는 피터가 남긴 흐트러진 글씨의 메시지가 적혀 있었다.

메모지에 적힌 글은 차분하고 간결했다. 그러나 그 내용은 매우 충격적이었다.

"미국이 북한을 이용해 중국과 전쟁 준비 중. 희생양은 대한민국이다."

이진성은 손에 든 메모지를 잠시 바라봤다.

그 내용은 상상을 초월했다.

미국이 북한을 이용해 중국과 전쟁을 준비하고 있다? 그리고 그 전쟁의 희생양은 대한민국이라니….

진성과 철진은 서로를 바라보며 한동안 아무 말도 할 수 없었다.

메모지는 피터가 남긴 것임이 분명했다.

그는 이 메모를 들고 미국의 비밀 작전이 한국과 어떻게 연결되는지를 추적해야만 했다.

그가 풀어야 할 수많은 수수께끼가 기다리고 있었다.

이진성은 메모를 다시 들여다봤다.

"미국은 북한을 이용해 중국과의 전쟁을 준비하고 있으며, 한국은 그 희생양이 될 것이다."

순간, 강한 이질감이 스쳤다. 이 내용은….

기억이 떠올랐다.

오은영이 보여줬던 바실리의 USB.

그 안에는 러시아 FSB 내부 보고서가 있었다.

이진성은 소름이 돋았다.

퍼즐이 맞춰졌다.

미국과 북한, 러시아와 중국.

각자의 이해관계 속에서 한국은 단지 하나의 '말'일 뿐이었다.

그때, 갑자기 책장 옆의 컴퓨터 모니터가 깜빡이더니, 화면에 경고 메시지가 떠올랐다.

"누군가 당신을 추적하고 있습니다.'

이진성은 갑자기 긴장감을 느꼈다.

그 메시지는 피터의 마지막 경고가 되려는 순간에, 누군가가 그를 추적하고 있음을 알리고 있었다.

그가 방금 발견한 메모는 그들의 계획을 드러내는 중요한 단서였기에, 이제 그 누구도 그를 놓칠 수 없다는 것을 직감했다.

그는 서둘러 자리에서 일어나 문을 열고 나가려고 했지만, 그 순간 갑자기 여러 명의 사람, CIA 요원들이 나타나 그를 둘러쌌다.

"이진성, 장철진 우리가 너희를 찾고 있었다."

CIA 요원 중 한 명이 차가운 목소리로 말했다.

그들은 이진성이 찾은 메모의 중요성을 이미 알고 있었고, 그가 그 정보를 세상에 공개하려는 것을 막으려고 했다.

진성과 철진은 순간적으로 판단을 내렸다.

이제 더 이상 이곳에서 머물면 안 된다.

그는 바로 문을 밀쳐내고, 거리를 달리며 빠르기 움직였다.

그들은 정신없이 도망쳤고, 결국 한 골목에 숨어들었다.

그는 이제 이 메모가 전 세계를 흔들 수 있는 중요한 정보를 담고 있다는 것을 확신했다.

미국, 중국, 북한, 그리고 한국.

이 네 나라의 복잡한 관계 속에서 그가 해야 할 일이 무엇인지를 깨달았다.

그는 피터가 남긴 마지막 메시지, 그리고 그 메모 속에 담긴 진실을 세상에 알리고, 그 모든 음모를 밝히기 위한 치열한 싸움이 시작되었다.

그가 맞서야 할 것은 단지 CIA가 아니었다.

그것은 전 세계를 뒤흔들 거대한 음모의 중심이었다.

» 황성찬

 동남아 해안 절벽, 그 끝에서 황성찬의 마지막 순간 어둠이 깔린 동남아의 해안 절벽. 바람은 차갑고 바다는 끊임없이 파도를 일으키며 절벽을 쳤다.

 황성찬은 이미 총상을 입고 피투성이가 된 채, 절벽 끝에 서 있었다.

 그의 몸은 쇠약해졌지만, 눈빛만큼은 여전히 강렬했다.

 한쪽 다리가 절뚝거리며 고통스러웠지만, 그는 그 고통조차 인식하지 않는 듯했다.

 뒤에서 들려오는 발소리가 점점 가까워졌다.

 그는 장철진과 특수팀 요원들이 다가오는 소리를 알아챘다.

 장철진의 차가운 목소리가 그의 귀에 울렸다.

 "황성찬. 더 이상 도망칠 곳 없어. 지금이라도 항복하지 않는 한, 넌 죽을 수밖에 없어."

 황성찬은 고통을 참으며 절벽 끝을 바라보았다.

 그 순간, 그의 머릿속을 스치는 생각들이 거침없이 지나갔다.

 "이 모든 게 끝날 수 있다면, 내가 원하는 대로 될까? 아니면 한 번 더 싸워볼까?"

그는 잠시 망설였다.

그러나 그의 눈빛은 여전히 의지에 차 있었다.

죽음이 아니라 더 큰 목적을 위해 자신이 걸어온 길이 있었음을 그는 알고 있었다.

"이미 늦었어. 너희가 생각하는 것보다 훨씬 큰 그림이 그려지고 있어."

황성찬이 조용히 말했다.

장철진은 눈살을 찌푸리며 말했다.

"그래? 그러면 네가 꾸민 음모는 이미 다 알고 왔어."

황성찬은 미소를 지으며 피투성이의 손을 하늘로 향해 올렸다.

"너희가 알게 되면, 이미 늦었을 거야."

그러고는 무언가를 숨기듯, 또 한 번 미소를 지었다.

그 순간, 황성찬은 절벽 끝에서 한 발짝 뒤로 물러났다.

요원들은 반사적으로 총을 겨누며 경고했지만, 그는 망설임 없이 절벽 아래로 몸을 던졌다.

그러나, 그가 떨어지기 직전, 갑작스러운 총성이 울려 퍼졌다.

퍽!

황성찬의 머리에서 총알이 나가며, 그의 몸은 비틀어지며 절벽을 넘어 떨어졌다.

그 순간, 절벽 아래를 내려다보던 장철진과 요원들은 황성찬의 몸이 사라진 것을 지켜보며 경악했다.

"누군가 근처에 있다. 찾아!"

"황성찬, 사망 확인."

장철진은 무전기를 들고 차갑게 말했다.

그러나 그의 목소리에는 조금의 의심도 남아 있었다.

그는 황성찬의 죽음을 확인했지만, 여전히 불안한 느낌이 들었다.

"그의 죽음이 끝일까? 아니면 시작일까?"

그 의문은 그의 머릿속에서 떠나지 않았다.

» **마담**

국정원 본부의 조사실.

형광등 불빛 아래에서 장철진은 홀로 수사 기록을 들여다보고 있었다.

황성찬의 죽음 이후, 그는 쉬지 않고 자료를 정리하고 분석했다.

그러나 명확한 연결고리는 좀처럼 보이지 않았다.

그때 문이 열리며 이진성이 들어왔다.

"철진아, 좀 쉬어라. 며칠째 밤을 새우고 있는 거 아냐?"

장철진은 피곤한 눈을 비비며 자리에서 일어났다.

"선배, 선배 예전에 군 시절 다뤘던 북파 공작 자료 중에 '마담'이라는 코드명을 본 적 있어?"

이진성의 표정이 미묘하게 흔들렸다.

"마담? 그 단어가 왜 나와?"

"너 일하고 있는 줄 알았더니, 어디 요사이 계속 술집 다녀왔어?"

"아니, 황성찬이 남긴 자료 중 일부에서 '마담'이라는 코드명이 등장했어. 근데 그게 누구를 의미하는지 명확하지 않아."

이진성은 조용히 숨을 들이쉬었다. 과거, 그가 군 시절 경험했던 사건이 머릿속에 떠올랐다.

10년 전, 북한 내부 작전.' 마담의 그림자'

2014년, 이진성은 북파공작원으로서 비밀리에 북한에 침투한 적이 있었다.

임무는 단순했다.

평양 외곽에 있는 은밀한 시설에서 대남 공작 관련 문서를 탈취하는 것.

그는 한 북한 내부 협조자를 통해 자료를 입수했지만, 그 문서에서 예상치 못한 이름을 발견했다.

"마담의 승인 없이 행동하지 말 것. 모든 지시는 마담을 통해 조율된다."

그 당시, 이진성은 그 문장의 의미를 곰곰이 되새겼다.

북한 내부에서도 '마담'이라고 불리는 인물이 존재했고, 상당한 권한을 가지고 있었다.

하지만 '마담'이 누구를 의미하는지는 정확히 알 수 없었다.

그날 밤, 이진성은 작전을 수행하고 철수하던 중 북한 요원들에게 발각되었다.

그는 가까스로 탈출했지만, 협조자는 끝내 돌아오지 못했다.

그 후에도 '마담'이 누군지 알아내려 했지만, 정보는 깊숙이 은폐되어 있었다.

이진성은 천천히 의자에 앉으며 말했다.

'마담'이라는 단어는 내가 북파공작원으로 활동할 때도 들은 적이 있어. 북한 내부에서도 특정한 인물을 지칭하는 단어였지. 하지만 그 사람이 누군지는 끝까지 알 수 없었어."

"그럼 혹시…."

장철진이 주저하며 사진 한 장을 내밀었다.

흑백 감시 카메라 사진. 호텔 로비를 빠져나가는 한 여성의 뒷모습이었다.

"이 여자는 리주실 아니야? 그녀가 북한 고위 요원과 접촉하는 장면이 포착됐어. 근데 특이한 건, 북측 고위 장성들조차 이 여자에게 보고하더라고."

이진성은 사진을 유심히 들여다보았다.

여성의 실루엣, 걸음걸이, 옆모습의 실루엣….

어딘가 익숙했다.

그는 과거 북한에서의 작전을 떠올렸다.

자신을 쫓았던 북한 요원들, 그들이 입 밖에 내지 못했던 단어.

마담.

"뭔가 익숙해. 어디서 봤던 느낌인데…. 평양 작전 때인가…."

그는 잠시 말을 멈추다 혼잣말처럼 중얼거렸다.

"근데 이상하지…. 그 느낌이 꼭, 리주실 때문만은 아닌 것 같아…."

장철진이 눈썹을 찌푸리며 되물었다.

"무슨 뜻이야?"

"예전에 본 누군가랑 비슷해. 뭔가 겹치는 느낌이 들어…. 근데 누구였는지는 떠오르지 않아."

그의 목소리는 확신 없는 혼란에 가까웠다.

장철진은 눈빛을 가늘게 뜨며 말했다.

"그럼, 리주실이 마담이 아닐 수도 있다는 거야?"

이진성은 고개를 끄덕였다.

"가능성은 있어. 우리가 보지 못한 누군가가 그림자 뒤에 숨어 있을 수도 있지."

장철진은 조용히 대답했다.

"그럼 아직, 진짜 마담의 얼굴은 공개되지 않은 걸지도 모르겠군."

고민하던 장철진은 다시 황성찬이 사망한 현장에서 수거한 물품 중 일부를 꺼냈다.

"이건 황성찬이 소지하고 있던 자료 중 일부인데, 이미 대부분이 훼손된 상태야. 하지만 일부 복원된 문서에서 흥미로운 내용이 나왔어."

장철진은 문서를 펼쳤다. 거기엔 이렇게 적혀 있었다.

'베트남 - 러시아 경로 확인됨. 마담 승인 완료. 대기 중.'

이진성은 순간 긴장했다.

"베트남 - 러시아 경로? 자금 세탁 루트인가?"

"가능성이 높아. 우리가 예상했던 대만 - 중국 경로가 아니라, 베트남을 통해 러시아로 연결되는 루트를 활용하고 있었던 거야."

이진성은 머리를 싸매며 한숨을 내쉬었다.

"황성찬이 죽은 것도, 결국 '마담'이랑 연결된 거라면….
북한의 대남 공작이 임박했다는 의미일 수도 있겠군."

» 브리핑 룸

서울, 국가정보원 본부.

국정원의 브리핑 룸은 폭풍 전의 고요처럼 무거운 분위기에 휩싸여 있었다.

이진성과 장철진, 그리고 최태성이 함께 모여 있었고, 황성찬의 죽음과 '마담'의 정체, 그리고 북한의 정보전과 사이버 공격 징후에 대해 긴박하게 논의하고 있었다.

"황성찬의 죽음은 단지 시작에 불과할지도 모른다. 그리고 마담?"

이진성이 무겁게 말했다. 그의 얼굴에는 걱정과 분노가 뒤섞여 있었다.

"어…. 북한 내부에서 매우 이상한 움직임이 감지되고 있다."

"선배, 무슨 징후?"

장철진이 물었다. 그의 목소리에는 이미 긴박감이 흘렀다.

이진성은 장우진이 보내온 위성사진을 띄우며 화면을 확대했다.

"평양 인근의 군사기지. 일주일 전과 비교해 보건, 병력과 장비들이 움직이고 있다."

"문제는 그 이동 경로가 기존의 훈련 패턴과 맞지 않는다는 점이다."

"그들은 준비 중이야. 우리가 예상한 것보다 더 심각한 상황이 벌어지고 있어."

장철진이 눈을 가늘게 뜨며 물었다.

"훈련이 아니라면, 전쟁 준비라는 건가?"

이진성이 다음 화면을 띄웠다.

"그것만이 아냐. 전국 주요 도로망 시설에서 이상한 전파 간섭이 포착됐다."

"주기적으로 특정 신호가 끊기고 다시 연결되는 현상이 반복되고 있어."

"이건 단순한 통신 장애가 아니다.

북한이 국가 기반 시설을 노리는 사이버 공격을 준비하고 있다는 증거야."

최태성이 긴장된 표정으로 말했다.

"도로망뿐만이 아니야. 수자원공사의 핵심 시설, 전력망 일부에서도 이상 신호가 감지됐어."

"이건 단순한 도발이 아니라, 대규모 사이버 테러의 전조일 수도 있겠군."

이진성은 화면을 넘기며 추가 정보를 띄웠다.

"중국이 대만을 공격하면, 미국은 중국에 대응할 거야."

"그러면 북한은 이 혼란을 틈타 남쪽을 흔들겠지."

"이건 전면적인 세계 대전의 서막이 될 수도 있어."

국정원 내부는 급박하게 움직였다.

북한의 군사적 움직임, 국가 기반 시설 공격 준비, 그리고 라자루스 해킹 조직의 활동이 점점 더 위험한 방향으로 흐르고 있었다.

이 모든 것이 황성찬의 죽음과 연결되어 있었다.

국정원의 분석 결과, 북한은 단순한 사이버 공격을 넘어 대한민국 내부의 정보전을 강화하고 있었다.

"북한이 조작한 가짜 정보들이 급격히 퍼지고 있어."

"간첩 색출이라는 명목으로 조작된 명단이 돌아다니고 있고, 유튜브와 온라인 커뮤니티에서 여론을 선동하고 있지."

최태성이 인상을 찌푸렸다.

"즉, 북한은 직접적인 공격뿐만 아니라 우리 내부를 무너뜨리는 전략을 병행하고 있다는 거네."

이진성이 고개를 끄덕였다.

"맞습니다. 과장님. 우리가 손을 쓰지 않으면, 국민들이 가짜 정보에 휘둘리면서 서로를 적으로 간주할 수도 있습니다."

하지만, 국정원 내부에서도 의견이 엇갈렸다.

"지금 대중이 이미 불안한 상태야."

"북한이 개입했다고 밝히면 더 큰 혼란이 올 거다."

"그렇다고 우리가 손 놓고 있을 순 없잖아!"

"북한의 정보 조작을 막아야 한다. 선동을 차단하지 않으면, 사회가 스스로 무너질 거야."

최태성이 조용히 입을 열었다.

"우리가 직접 개입할 수 있나?"

국정원 간부가 한숨을 쉬며 답했다.

"솔직히 말해서, 지금 우리가 할 수 있는 건 한정적이야."

"대공수사권이 경찰로 넘어가면서, 우리 손발이 묶여 버렸어."

"경찰은 북한의 개입 가능성을 너무 가볍게 보고 있어. 어떻게 보면 북한이 이러한 상황을 이용하는 걸지도 모르지. 암튼 경찰은 내부 혼란을 '정치적 갈등'으로만 해석하고 있단 말이야."

장철진이 주먹을 꽉 쥐었다.

"경찰에 일부 자료를 넘겨서라도 이 문제를 공식적으로 다뤄야 합니다. 그렇지 않으면 우린 손발이 묶인 채 공격을 당하게 될 겁니다."

"하지만, 경찰이 이걸 진지하게 다룰까?"

"그래도 하는 데까지는 해봐야죠. 경찰이 안 움직이면 움직이도록 우리가 유도해야죠."

이진성은 조용히 말했다.

이진성은 깊은숨을 들이마시고 결론을 내렸다.

"우선, 북한의 정보전과 사이버전의 실체를 드러내야 해."

"우리가 직접 움직일 수 없다면, 다른 세력을 활용해야지."

그는 핸드폰을 꺼내 들었다.

'어둠 속의 유령(어나니머스)'들의 도움이 필요한 시간이었다.

국정원의 마지막 희망은, 그들이 '통제할 수 없는 존재들'과 손을 잡는 것이었다.

» 유령들의 반격

서울, 암호화된 채팅방.
리사는 어나니머스의 비공식 채팅방을 다시 열었다.
이전 요청에서 그들은 거절했다.
하지만, 지금 상황은 달라졌다.

그녀는 키보드를 두드렸다.
> [Specter] 아직도 우리가 돕지 말아야 한다고 생각해?
> [Ouroboros] 왜? 뭐가 달라졌는데?
> [Specter] 우크라이나를 기억해 봐. 그때 우리는 자유를 지키기 위해 움직였지. 지금 북한이 하고 있는 짓은 똑같아. 그들은 조작된 정보를 유포해 국민들을 서로 싸우게 만들고 있어.

잠시 정적.
> [Nyx] 근거는?
> [Specter] 조작된 문서, 선동 유튜버 확산 패턴 분석 자료를 넘기겠다.

> [Phantom] 단순한 가짜 뉴스인가, 아니면 조직적인 심리전인가?
> [Specter] 조직적이다. 북한이 직접 개입한 정황이 있다.

긴 침묵.
리사는 손끝이 차가워지는 것을 느꼈다.
만약 이번에도 거절당한다면, 다른 방법을 찾아야 했다.
그러나, 메시지가 하나 올라왔다.
> [Cheshire] 조건이 있다. 성공하면, 너는 다시 우리에게 빚을 지는 거야.

리사는 피식 웃었다.
> [Specter] 좋아.
> [Nyx] 그럼, 가짜 정보를 찾아내고 제거하는 작업을 시작한다.
> [Phantom] 그리고, 놈들의 심장을 직접 겨누지.

리사는 노트북을 내려놓으며 말했다.
"드디어 움직이기 시작했어."
장우진이 그녀를 바라봤다.
"이제 어떻게 돼?"
리사는 창밖을 바라보며 미소 지었다.
"가짜들이 사라지고, 진실을 알리는 거지."

북한 평양, 국가보위성 작전실.

리주실은 다급한 보고를 받으며 이마를 짚었다.

"우리의 정보가 삭제되고 있습니다!"

"유튜브에서 퍼뜨렸던 계엄 음모론 관련 영상들이 사라지고 있습니다!"

"가짜 간첩 명단을 공유했던 온라인 커뮤니티가 차단당했습니다!"

그녀는 손에 쥔 태블릿을 내려놓고 조용히 말했다.

"어나니머스…. 그놈들이 개입했군."

그녀는 한숨을 내쉬었다.

"지금 우리가 퍼뜨린 정보는?"

"일부는 아직 살아 있습니다. 하지만, 노출된 순간 사라지고 있습니다. 언론과 유튜브에서 퍼지는 속도가 급격히 둔화되고 있습니다!"

리주실은 눈을 감고 잠시 생각했다.

'하지만, 우리가 멈출 거로 생각하지 마라.'

그녀는 조용히 속삭였다.

"남조선 내부의 혼란은 이미 시작됐다. 우리가 직접 나서야 할 때다."

"이거 봐!"

장우진은 노트북을 가리켰다.

"몇 시간 전까지 있었던 가짜 간첩 명단 영상들이 다 삭제되고, 북한이 조작했단 증거물들이 올라오고 있어!"

리사는 화면을 바라보며 조용히 미소 지었다.

"어나니머스가 움직인 거야. 아, 진성 오빠한테도 연락해 줘야지."

"이미 알려줬어. 북한이 조작한 정보들이 삭제되고 있어."

"유튜브와 온라인 포럼에서 선동적인 영상들이 차단되었고, 어나니머스가 정보 조작을 차단하고 있어."

리사는 천천히 자리에서 일어났다.

"하지만, 북한이 쉽게 포기하진 않겠지."

장우진이 노트북을 바라보며 중얼거렸다.

"그렇겠지…. 하지만, 적어도 이번엔 그들이 원하는 대로 흘러가진 않겠어."

리사는 창밖의 서울을 내려다보며 조용히 말했다.

"이제, 그들이 다음 수를 두겠지."

"여러분 안녕하십니까? 뉴트럴맨입니다. 오늘도 계엄과 간첩 색출에 대한 충격적인 정보가 있습니다."

[LIVE 방송 중]

시청자 수: 70,451

후원금: 1,200만 원 돌파

실시간 채팅 활성화

갑자기, 방송 화면이 검게 변했다.

[ERROR] 화면이 꺼졌습니다.

뉴트럴맨은 당황했다.

"뭐야? 무슨 일이야?"

잠시 후, 화면이 다시 켜졌지만,

그의 얼굴이 아닌, 정체불명의 마스크가 나타났다.

"우리는 어나니머스다."

실시간 채팅 폭발

"뭐야 이거?"

"레알 어나니머스?"

"설마 해킹당한 거야?"

그 순간, 강렬한 목소리가 울려 퍼졌다.

"우리는 자유를 지키기 위해 싸운다. 너희들은 조작된 정보를 퍼뜨리고 있다. 우리는 진실을 공개한다."

[LIVE 화면 전환]

데이터 분석 자료 공개

북한 정보전 관련 문건 유출

가짜 간첩 명단 – 조작된 데이터임이 증경됨

실시간 채팅 반응

"간첩 명단이 가짜라고?"

"뉴트럴맨, 너 북한 놈이야? 니가 간첩 아냐?"

"어쩐지 이상하다 했어 ㅋㅋㅋㅋ"
뉴트럴맨은 경악했다.
"뭐, 뭐야! 내 방송 돌려줘!"
그러나 화면은 계속 바뀌었다.

[북한 정보 조작 패턴 분석]
"북한이 의도적으로 한국 사회를 혼란에 빠뜨리려 했다."
그리고, 마지막 메시지가 떠올랐다.
"우리는 어나니머스다. 우리는 용서하지 않는다. 우리는 잊지 않는다."

[LIVE 방송 종료]
그날 이후, 뉴트럴맨의 채널은 며칠 만에 구독자가 반토막 났다.
그를 후원하던 세력들도 빠르게 손을 떼기 시작했다.
북한이 퍼뜨린 조작된 정보들은 빠르게 사라졌다.
그러나….

국정원 분석실.
이진성은 창밖을 바라보며 속삭였다.
"이제, 북한이 직접 움직이겠지."
"이건 시작에 불과해."

» 예고된 위험

 전국 곳곳에서 활동하는 고정간첩 조직원들은 이미 각자의 임무를 속속들이 이행하고 있었다.
 이들은 단순한 '임무 수행'을 넘어, 모든 것이 정해진 시간 안에 이루어져야만 하는 일련의 과정들 속에서 숨죽이고 있었다.
 폭약 제조는 수개월 전부터 철저하게 준비되었고, 이제 그것을 전국 각지로 분배하는 작업이 진행 중이었다.
 그러나 그 어느 때보다도 은밀하게, 그리고 철저히 숨겨진 채.
 차량은 아무렇지도 않게 도로를 달리고 있었다.
 주목받지 않기 위해, 평범한 승용차와 SUV들이 사용되었으며, 그들 안에는 일상적인 물건들이 가득 실려 있었다.
 외형적으로는 일상적인 개인 작업처럼 보였지만, 그 속에 숨겨진 작은 방진 케이스는 불안정한 폭약을 담고 있었다.
 내부의 폭약은 작은 충격에도 폭발할 수 있는 TATP였고, 이 모든 과정은 마치 시한폭탄처럼 끝을 향해 다가가고 있었다.
 서울, 경기, 인천, 대전, 대구, 부산….
 각 지역의 은신처에서 폭약을 꺼내고, 각기 다른 이동 경로로 조용히 물건을 배분하는 조직원들.

그들의 일거수일투족은 모두 철저히 계획된 대로였다.

목표 시설에 폭약을 놓기 전, 그들은 한 치의 오차도 없이 사전 정찰을 마쳤다.

그들이 파악한 정보는 놀라울 정도로 상세했다.

보안요원들의 배치, 순찰 동선, 외부 CCTV의 위치, 경찰의 순찰 패턴까지.

그리고 그들은 예상치 못한 변수에 대비해 비상구와 우회 동선까지 분석했다.

몇몇 조직원들은 택배 기사를 가장해 주요 지역을 돌아다니며 인구 밀도와 차량 흐름을 분석했다.

그들의 눈빛은 여유롭지만, 속내는 절대 느슨하지 않았다.

또 다른 이들은 보행자로 변장해, 역 내부의 보관함 상태를 점검하고, 주변 환경을 분석했다.

그들의 몸짓 하나하나가 계획 일부였다.

모든 준비가 끝난 후, 조직원들은 목표 시설 인근의 지하철역으로 향했다.

그곳에서 드론과 폭약이 든 가방을 조용히 보관함에 넣었다.

보관함의 크기와 위치는 이미 사전에 완벽하게 파악되어 있었다.

이제 그들의 행동은 자연스럽게 연출되었다.

마치 평범한 직장인이 출근길에 짐을 잠시 맡기는 것처럼, 또는 여행을 떠나기 전 가방을 보관하는 사람처럼.

보관함의 문이 닫히는 소리가 울리고, 조직원들은 아무 일

없다는 듯 다시 사람들 속으로 사라졌다.

그들의 동선은 모두 다르게 설정되어 있었지만, 각자의 임무는 이미 끝까지 계획되어 있었다.

일부 조직원들은 역 내에서 대기하며, 예상치 못한 상황에 대비해 대체 계획을 실행할 준비를 하고 있었다.

그 시각, 다른 팀원들은 목표 시설 주변에 드론을 배치하고 있었다.

이들은 미리 확보해 둔 장소에서 은밀하게 드론을 조립했다.

도심 속 공터와 외부에서 내부가 잘 보이지 않는 건물 옥상들이 그들의 비행을 위한 최적의 장소였다.

그들은 CCTV 사각지대를 파악하고, 드론이 비행할 수 있는 공간을 정리하며 주변을 점검했다.

그리고 남겨진 장비들을 철저히 정리하며 흔적을 남기지 않았다.

전국의 모든 조직원에게 같은 메시지가 도달했다.

[임무 개시까지 대기. 마담의 추가 지령 대기 바람.]

그들은 그 이름을 소리 내지 않았다. 조직 내에서도 'M'으로만 불리는 존재.

조직원 대부분은 얼굴조차 본 적 없지만, 그녀의 지시라면 단 한 줄의 의심도 없었다.

그들은 이제 마지막 순간만을 기다리고 있었다. 그들의 목표는 명확했다.

그러나 그들 속엔 묵직한 긴장감이 흐르고 있었다.

그들이 하려는 일은 단순히 작전 수행이 아니라, 그들의 운명을 건 일인 것을 모두가 알고 있었다.

서울 강남, 이태원, 여의도, 부산 남포동, 대전 시내, 대구 반월당

평범한 일상에서 일어난 조용한 움직임은 그 누구도 눈치채지 못했다.

도시는 그대로 흘러갔고, 그들의 발걸음을 아무도 의심하지 않았다.

이태원과 강남의 번화한 거리를 지나, 대구와 부산의 구석구석을 지나, 그들은 언제 어디서든 자신의 역할을 끝낼 준비가 되어 있었다.

그리고 이제 마지막 임무의 순간이 다가왔다.

강남의 한 허름한 원룸.

한 남자는 차분히 노트북을 펼쳤다.

희미한 불빛 아래에서 그의 얼굴은 굳어 있었다.

모니터에는 남한 전역의 주요 국가 시설들이 점으로 표시되어 있었다.

남자는 손가락을 움직이며 데이터를 훑었다. 그가 확인하는 점 하나하나가 '목표'였다.

몇 시간 전, 북한의 최종 지령이 하달되었다.

"6월 20일, 시간 미정. 공화국을 위한 불꽃을 피울 최종 확인 바람."

그것은 단순한 지시가 아니었다.

그것은 그들의 생사와 운명이 걸린, 마지막 순간을 위한 시한이었다.

6월 20일. 단 하루만 기다리면, 모든 것이 끝나는 날이었다.

공화국을 위한 불꽃. 그것이 의미하는 바는 명확했다.

남자는 입술을 물었다.

"준비는 끝났나?"

그때, 동료가 무전기를 들고 방으로 들어왔다.

그의 표정은 경직되어 있었다. 그는 무전기를 조작하며 낮고 건조한 목소리로 말했다.

"서울과 경기 지역, 배차 간격 8분. 대전은 10분, 대구 7분, 부산 10분 예상. 모든 구역에 준비물 배치 완료."

남자는 고개를 끄덕이며 다시 한번 노트북 화면을 점검했다.

그 화면의 오른쪽 아래, 암호화된 접속 경로 끝에는 이상한 이니셜이 찍혀 있었다.

M-05-ES.

남자는 한참 그것을 바라보다, 천천히 속삭였다.

"M…? 마담인가…? 설마…. 독일?"

"도보 이동 포함해도 전 지역 20분 내외로 목표 지점에 도달할 수 있다. 최대 30분."

남자의 목소리는 확신에 차 있었다.

"중요한 건 예상한 시간을 맞출 수 있느냐는 점이다. 도심에서는 예상보다 변수가 많을 수 있어."

"맞아. 지하철 하차 후 7분에서 9분 사이에 목표 건물에 도착할 수 있다. 대로변은 위험하지만, 골목길을 이용하면 빠르게 이동할 수 있다."

남자는 손가락으로 책상을 두드리며 시간을 계산했다.

"작전 개시 후 2시간 이내 종료. 변수만 없다면."

그 순간, 노트북 화면이 번쩍이며 새로운 메시지가 떠올랐다.

[민감한 물건이니 조심해서 이동할 것.]

남자는 한숨을 내쉬며 화면을 응시했다.

TATP. 작은 충격에도 반응할 수 있는 불안정한 물질.

실수라도 하면, 현장에서 그대로 가루가 될 수 있었다.

그는 다시 동료를 바라보며 말했다.

"사람들 틈에서 부딪히지 않도록 조심해라. 가방을 떨어뜨리는 순간, 우리도 끝이다."

동료는 고개를 끄덕였다. 그의 손이 무전기를 쥐고 있는 걸 보니, 살짝 떨리고 있었다.

"마지막 지하철에서는 어떻게 하지?"

"계획대로 진행한다."

남자는 확신에 차 말했다.

"화학반응을 이용해 자동으로 폭발하도록 준비되어 있다."

가방을 두고 내리면 2~3분 뒤 반응이 시작된다."

"만약 예상보다 빠르게 반응하면?"

동료가 조심스럽게 물었다.

남자는 그를 빤히 바라보았다.

"그럴 일은 없어."

동료는 잠시 침묵했다. 그의 눈빛이 흔들렸다. 남자는 그 표정을 놓치지 않았다.

"왜. 두려운가?"

동료는 입술을 꾹 다물었다.

"아닙니다."

하지만 그 짧은 부정의 대답에도 망설임이 스며 있었다.

남자는 자리에서 일어나 창밖을 바라보았다. 도시의 불빛들이 흔들리고 있었다.

차량의 경적, 사람들의 웅성거림.

저 거리의 수많은 사람이 전혀 눈치채지 못한 채, 평범한 하루를 살아가고 있었다.

하지만 이 도시는 이미 그들의 손에 갈겨져 있었다.

"이제 기다리자."

남자는 창문을 닫으며 말했다.

"오늘이 지나면, 우리는 끝을 볼 거야."

동료도 따라 일어섰다. 그의 표정에는 미묘한 흔들림이 보였다.

"혹시…. 이게 다 끝나면 어떻게 되는 걸까?"

남자는 천천히 돌아보며 말했다.

"조선 민주주의 인민공화국의 의지를 세상에 알리는 불꽃이 될 것이다."

그 말은 마치 맹세처럼 방 안에 울려 퍼졌다.

그의 손끝이 가볍게 떨리고 있었다.

그러나 그 떨림 속엔,

'어쩌면 이 모든 일이 우리가 생각한 것보다 훨씬 오래전부터 설계된 것이 아닐까'

하는 불길한 예감이 깃들어 있었다.

» 현장점검

최태성과 이진성은 대테러센터에서 제공한 자료를 바탕으로, 서울과 수도권 곳곳의 주요 시설을 점검하고 있었다.

그들이 서류로 확인한 것과는 현실은 너무나 달랐다.

"서류상에서 본 훈련과 실전 대응이 이렇게 차이가 날 줄은 몰랐군."

최태성이 말하며 주변을 돌았다.

그의 시선은 각종 지하철역, 대형 쇼핑몰, 금융기관, 주요 정부 시설들에 고정되었다.

이곳은 사람들이 가장 많이 모이는 장소, 동시에 테러의 주요 대상이 될 수 있는 곳들.

그러나 그곳에서 그가 본 상황은 실망스러울 정도였다.

지하철역 앞, 사람들은 평상시처럼 분주히 움직였고, 대형 쇼핑몰의 출입구는 아무런 경고도 없이 열려 있었다.

정부 시설의 경비도 눈에 띄게 허술해 보였다.

최태성의 눈엔 모든 곳들이 테러의 목표가 될 수 있다는 점에서, 한없이 취약해 보였다.

"초반엔 경찰과 현장 지휘소가 혼란스러워 보였지만, 시간이 지나면서 차차 정리되어 가고 있는 건 사실이네. 그래도 부족한 게 많지."

그는 일련의 상황을 점검하면서, 시민들의 대피가 이루어지고 있는 모습을 지켜보았다.

경찰은 그들의 본연의 업무인 민생 치안에 집중하려고 애쓰고 있었다.

군은 몇몇 주요 시설에 대해 폭발물 탐지 작업을 하고 있었다.

그러나 이 모든 것이 '테러에 대응하는 시스템'이라는 점에서 보면, 여전히 불완전하고 부족했다.

"문제는 대응 속도지. 지금은 일부 대응이 이뤄지고 있지만, 실제 상황은 훨씬 더 힘들고 복잡할 거야. 실제 테러는 계획처럼 단계적으로 진행되지 않겠지. 순간순간의 판단이 필요할 텐데…. 쉽지 않을 겁니다."

이진성은 무겁게 고개를 절레절레 흔들며 말했다.

"그래서 우리가 여기에 있는 거지. 너 말대로, 이대로 방치되면 큰일이다."

최태성이 뼈를 깎는 듯한 말투로 말했다.

그들은 지하철역 출입구 앞에서 경찰 담당자와 이야기를 나누고 있었다.

"현실적으로 말하면, 아직 대응 체계가 제대로 갖춰지지 않았습니다. 경찰이 민생 치안을 담당하고 있으니까 대테러 업무에 대한 준비가 부족한 건 사실입니다. 하지만 현장에서는 특공대와 담당자들이 최대한 힘을 쓰고 있습니다,"

경찰 담당자가 고백했다.

"근데 한 가지 찜찜한 게 있어요."

이진성이 말을 이었다.

"드론이 실제로 투입될 경우, 우리 시스템이 탐지할 수 있을까요?"

경찰 측은 고개를 저었다.

"탐지율은 높지 않습니다. 소형 드론일 경우, 일반 감시 체계로는 확인이 어렵습니다."

이진성은 그 말을 듣고 입을 다물었다.

그는 알고 있었다. '정말로 시작된다면, 우린 이미 늦을 수도 있어.'

"현재 대한민국에서 일어나는 모든 일이 그런 상태입니다. 누구의 잘못이라기보다는 다 함께 고쳐나가야 할 문제일 겁니다. 미국도 9.11 사건 이후에 많이 달라졌잖아요."

현장에 대한 감상은 더 씁쓸했다.

각 기관은 고유의 기능을 가지고 있지만, 실제로는 서로의 협력 부족이 눈에 띄었다.

정보 공유와 협력은 형식적으로 이루어지고 있었지만, 실질적인 차원에서 '유기적'으로 작동하기엔 한계가 있어 보였다.

"결국, 문제는 전반적인 거지. 특정 기관의 문제는 아니다."

최태성이 중얼거렸다.

"이번에 벌어질 테러는 단순한 폭탄테러가 아니야. 이건 그 이상일 거야."

최태성과 이진성은 현장점검을 계속하면서, 서울의 주요 인프라들이 전혀 보호되지 않고 있다는 사실에 충격을 받았다.

"서울 지하철, 대형 쇼핑몰, 금융기관. 사람들이 가장 많이 모이는 곳들이 취약점이 되고 있다. 이곳들이 바로 테러의 대상이 될 수밖에 없다."

최태성의 말에 담긴 불안과 경고의 톤이 점점 더 깊어졌다.

이진성은 그 말에 조용히 고개를 끄덕였다.

"우리가 직면한 현실은 불완전하지만, 아직 희망은 있어요. 다만, 우리만의 대응책을 만들어야 해요. 그걸 만드는 게 우리가 해야 할 일이죠."

"그래. 더 이상 방치할 수 없겠어. 상황을 정확히 파악하고, 빠르게 대처할 방법을 마련해야 해."

최태성은 결단을 내리듯 말을 마쳤다.

이진성은 잠시 말을 잇지 못했다.

서울의 주요 시설들이 취약하다는 사실을 확인한 뒤, 그의 마음속에는 커다란 불안이 자리 잡았다.

이제 시간이 그다지 남지 않았다는 느낌이 들었다.

하지만 그런데도 한 가지가 명확했다.

이 모든 것을 해결하기 위해서는 더 철저한 준비와 협력이 필요했다.

그리고 그들은 그 준비를 해 나가야만 했다.

저녁이 되어, 이진성은 집에 돌아왔다.

피곤한 표정으로 의자에 앉자마자, 오늘 현장에서 느꼈던 불안감이 그를 떠나지 않았다.

경찰, 군, 대테러 조직의 준비 상태가 너무나 미비하다는 사실을 깨달은 이진성은 그 동안 자신이 너무 안일하게 생각했다는 후회를 했다.

반면, 아내인 오은영은 여전히 학문에 몰두하며 연구실로 돌아가려 했고, 그의 마음속 고민은 깊어져만 갔다.

이진성은 밥을 먹으며 한참 동안 생각에 잠겼다.

그는 잠시 고개를 떨구고, 마침내 은영에게 조심스럽게 말을 꺼냈다.

"은영아, 혹시 화학물질로 폭약을 만들면 그게 폭발력이 센 거야?"

오은영은 잠시 그를 보다가, 대답했다.

"물질마다 다르지만, 일반적으로는 군용 폭약의 40~85% 정도의 효과를 낼 수 있어. 왜? 뭔가 중요한 일이 있는 거야? 갑자기 그런 건 왜 물어?"

이진성은 그 대답에 의문을 품은 듯 말했다.

"아니, 그냥…. 당신이 말한 화학물질 폭약은 중동에서 많이 만들어진다고 들었어. 그러면 그것도 폭발력어 차이가 있겠네?"

"응. 맞아. 중동에서는 흔히 사용되던 방식이야. 예를 들어, 2004년 북한 용천역 폭발 사고를 알아? 폭발물은 아니었지만, 화학물질로 인한 폭발이었지. 주변이 다 사라졌같아. 그만큼 화학물질을 이용한 폭발이 얼마나 치명적인지 실례가 되지."

이진성은 그 이야기를 들으며 눈이 커졌다.
"그러면 그 화학물질로 만든 폭약을 어떻게 터뜨리는 거야? 군용 폭약처럼 뇌관을 넣는 건가?"

오은영은 잠시 생각한 후 고개를 끄덕이며 설명을 이어갔다.
"군용 폭약처럼 뇌관을 넣을 수도 있지만, 굳이 뇌관을 쓰지 않고도 폭발을 일으킬 수 있어. 예를 들면, 화학반응만으로 일정 시간이 지나서 자연스럽게 터지는 방식도 있고, 고체화된 물질에 충격을 주면 반응이 일어나기도 하지. 최근에는 드론을 사용해서 화학물질을 실어 터뜨리기도 해. 이렇게 되면 용의자를 추적하기가 훨씬 어려워지지."

이진성은 은영의 말에 빠져들며, 더 많은 질문을 던졌다.
"드론이라…. 그럼 드론에 탑재해서 폭발을 일으키면, 그 후에 용의자를 찾기도 쉽지 않겠네. 드론은 빠르고 은밀하게 이동할 수 있으니까. 그러면 용의자들은 자신이 목표 장소까지 직접 가지 않고도 테러의 효과를 볼 수 있겠네."

"맞아. 드론을 이용한 테러는 그만큼 빠르고 효율적이지. 용의자들은 자신이 직접 현장에 가지 않아도 되니까, 추적이 더 어려워지고, 테러의 피해만 커지는 거야. 특히 인구 밀집 지역에서는 그 피해가 상상을 초월할 수 있지."

이진성은 은영의 말을 들으며 점점 더 강한 의문과 경각심을 느꼈다. 그는 생각에 잠겨 한숨을 쉬었다.
"우린 지금 대응 준비가 전혀 안 되어 있어. 적은 이미 고도화된 방법을 사용할 준비가 되어 있는데, 우리는 그걸 제대로 파악조차 하지 못하고 있어. 그런데도 계속 훈련만 하고 있는 거야."

"그러니까, 우리가 적을 알아야 해. 그들이 사용할 수 있는 방법과 도구, 그리고 그들의 전략을. 그걸 준비하는 것만이 우리가 대응할 수 있는 유일한 방법이야. 적을 알아야만 제대로 대응할 수 있고, 그때가 되면 더 이상 뒤처지지 않게 될 거야."

오은영은 진지한 표정으로 말했다.

이진성은 고개를 끄덕이며, 결심했다.

"그래, 우리가 그들의 방법을 파악하고 대응 방안을 구체적으로 세워야 한다. 이번 일을 통해 우리가 배운 것들을 바탕으로, 제대로 된 대책을 마련해야겠어."

그는 다시 한번 생각을 정리하며, 적을 알고 그에 맞는 준비를 해야 한다는 사실을 확실히 인식했다. 이제 더 이상 미룰 수 없다는 절박함이 그의 마음을 지배했다.

다음날 이진성은 최태성과 함께 현장점검을 실시한 결과를 정리하면서 오은영과 나누었던 대화를 떠올리면서 화학물질과 드론에 대해 생각하고 있었다.

"과장님, 현재 우리가 파악한 첩보들은 지하철과 화학물질을 이용한 폭약이 사용될 가능성이 크다는 점입니다. 그리고 단순한 폭발 테러만 계획하는 것이 아니라 라자루스와 연계한 사회기반 시설을 해킹 공격을 같이할 가능성도 높습니다."

최태성이 고개를 끄덕였다.

"그렇다면 그들은 일반적인 건물이 아니라 국가적으로 피해가 크고 사회적 충격이 강한 곳을 목표로 삼겠군."

"맞습니다. 그렇다면 현재 기관별로 관리되는 중요 시설과 다중 이용 시설이 주요 타깃이 될 겁니다."

이진성이 결론지었다.

"그리고 그들이 화학물질 폭탄을 터뜨리는 방법 중 가장 가능성이 높은 것이 바로 드론을 이용한 투척 방식입니다."

최태성은 잠시 생각에 잠겼다.

"그렇다면 드론의 종류도 분석해야 합니다. 회전익 드론이라면 은밀성과 비행 거리가 고정익에 비해 취약할 수 있지만 화학물질을 정확히 떨어뜨리기에는 효율적일 것 같습니다. 반면 고정익 드론은 더 먼 거리에서 작전할 수 있지만 정확히 화학물질을 떨어뜨리는 것과 도심 내에서 운용하기엔 무리가 따르죠."

이진성이 이를 정리했다.

"회전익 드론을 이용할 가능성이 높습니다. 최대 2km 내에서 운영될 것이며, 공격 후 신속히 철수할 수 있도록 설계되었을 겁니다. 그리고 비행 거리가 짧지만 신속하게 움직일 수 있습니다. 만약 인구 밀집 지역을 겨냥한다면, 그 피해는 절대 간과할 수 없습니다."

"그렇다면 테러 경보 체계를 상향 조정해서 공식적으로 준비를 같이해야지?"

최태성이 말했다.

"테러 경보를 최소한 '주의' 또는 '경계' 단계로 격상하고, 국가 중요 시설과 다중 이용 시설 주변 순찰을 강화해야 합니다."

이진성은 신속하게 대처할 방법을 구체적으로 세우기 시작했다.

"시간이 없습니다. 적은 이미 준비를 마쳤을 겁니다. 우리가 할 수 있는 건, 이 모든 걸 바로 실행에 옮기는 것뿐입니다."

최태성은 대테러 센터에 테러 경보를 관심 단계에서 '주의' 단계로 격상시키는 방안을 건의했다.

경찰도 이에 맞춰 비상 체계를 발령하고, 군에는 북한과 관련된 그동안 확보된 정보를 전달하며, 정보 감시 태세를 격상시킬 것을 요청했다.

"이번 사건은 단순히 내부의 일이 아니다. 북한의 개입 가능성도 있어. 우리는 외부의 위협에 대비해야 해."

대테러 센터는 최태성의 요청을 신속히 반영했고, 경찰은 전국적으로 '병'호 비상 체계를 발령하며, 모든 공공기관과 민간 시설에 경고를 내렸다.

군은 북한의 움직임을 예의주시하며, 정보 감시 태세인 "WatchCon"을 격상시켰다.

전방위적으로 긴급 대응 체계가 작동하기 시작한 것이다.

"우리는 지금, 이 전투를 준비하고 있는 거야."

이진성은 무거운 눈빛을 띠며 말했다.

"우리가 빨리 움직이지 않으면, 적은 이미 준비를 끝냈을 거야. 적이 일단 시작하면, 그때는 되돌릴 수 없을지도 몰라."

» 엇갈린 반응

평택, 한미연합사 작전통제실.

전시 작전권을 공유하는 한미연합사에는 한반도의 모든 군사적 움직임이 실시간으로 보고되고 있었다. 그러나 이번 사안은 달랐다.

"합참에서 WatchCon을 격상시켰다고? 이유가 뭐야?"

연합사 작전 부서의 미군 참모 장교가 한국 측 연락관에게 물었다.

한국군 측은 모호한 태도를 보였다.

"국정원으로부터 첩보를 받았습니다. 북한이 남한 내 테러와 함께 도발할 가능성이 있다고 해서 선제적으로 조치를 한 것입니다."

"어떤 첩보지?"

"그건 아직 국정원에서 세부 내용을 공유하지 않았습니다."

연합사 내 미군 장교들의 표정이 굳어졌다.

"우리는 그 정보를 알 권리가 있어. 북한이 남한에서 테러와 군사 도발을 병행한다고? 그런데 북한군은 지금 도발할 여력이 없어. 러시아에 병력을 제공하고, 우크라이나 전장에서 엄청난

손실을 보았잖아. 현대전에 대한 준비도 안 되어 있는 상태에서 무슨 도발이라는 거야?"

한국군 측은 난감한 표정을 지었다.

"저희도 국정원의 제한된 정보만을 전달받은 상황입니다."

결국 연합사는 미 8군에 이 문제를 보고했다.

미 8군 사령부, 캠프 험프리스.

보고를 받은 미 8군은 즉시 미 대사관과의 협의를 요청했다.

"우리가 알지도 못하는 정보를 근거로 군사적 긴장감을 조성하는 것은 받아들일 수 없다. 한국 정부에 공식적으로 항의해야 한다."

미 8군 사령부는 미 대사관을 통해 한국 정부에 강한 항의 의사를 전달했다.

"우리 동맹국인 한국이 북한의 도발 가능성에 대해 정보를 가지고 있다면, 가장 먼저 공유해야 하는 상대는 우리다. 그런데도 제한적인 정보만 주고, WatchCon을 격상시키는 것은 납득할 수 없다."

미 대사관의 항의가 대통령실로 전달되자, 대통령 권한대행은 국정원장을 긴급 호출했다.

"미국 측에서 강력히 항의하고 있습니다. 도대체 우리가 어떤 정보를 가지고 있기에, 이렇게 일방적으로 움직인 겁니까?"

국정원장은 침착하게 대답했다.

"정보 출처에 대한 보안이 필요합니다. 미국 측에도 모든 정보를 공유할 수는 없습니다."

"지금 미국이 불만을 제기하는 것은 우리가 정보를 공유하지 않아서가 아닙니다. 합참이 정확한 설명도 없이 WatchCon을 격상시킨 게 문제입니다."

국정원장은 잠시 침묵하다가 입을 열었다.

"저희 블랙 요원들이 수집한 첩보에 따르면, 북한이 남한 내에서 테러 공격을 감행하면서 군사적 도발을 준비하고 있는 정황이 있습니다. 다만, 그 정보가 아직 완벽하게 검증된 것은 아닙니다."

"그러니까, 미국에 확인되지 않은 정보를 주지 않겠다는 겁니까?"

"미국도 우리와 동맹이지만, 모든 정보를 공유할 수는 없습니다. 특히 이번 사안은 북한과 미국 간의 모종의 거래 가능성이 얽혀 있다는 첩보가 있습니다. 아마도 미국 측에서도 우리에게 숨기고 있는 정보가 있을 겁니다."

대통령 권한대행은 깊은 한숨을 내쉬었다.

"미국을 설득할 방법을 찾아야 합니다. 그렇지 않으면 불필요한 긴장만 고조될 겁니다."

국정원장은 고개를 끄덕였다.

"일단 일부 정보를 선별적으로 공유하는 방안을 검토하겠습니다. 그러나 모든 내용을 공개할 수는 없습니다. 특히 북한과 미국 간의 움직임에 대한 정보는 매우 민감합니다."

대통령 권한대행은 책상을 두드리며 말했다.

"알겠습니다. 하지만 미국이 추가로 압박해 올 가능성이 높습니다. 우리는 그에 대한 대비책도 마련해야 합니다."

» D일

D-DAY 13:30, 지령 하달

라자루스 해커들이 동시에 움직였다. 암호화된 채널을 통해 전달된 단 세 마디.

"14:00 개시."

전국 각지에 흩어진 요원들은 이미 대기 중이었다.

그들은 가면을 쓴 채 평범한 사람들처럼 도심을 걸었다.

하지만 그들의 손끝에서는 대한민국의 전산망을 장악할 바이러스가 대기하고 있었다.

D-DAY 14:00, 사이버 공격 개시

라자루스 해커들이 동시에 움직였다. 준비된 악성코드가 단번에 활성화되었다.

증권시장, 금융 패닉.

한국거래소 내부 네트워크가 순간적으로 마비되었다.

시스템은 자동 복구를 시도했지만, 이미 내부 데이터는 변조된 상태였다.

HTS(홈트레이딩시스템) 화면엔 이상 급등·급락하는 그래프들이 미친 듯이 춤을 추고 있었다.

코스피 지수는 단 몇 초 만에 -30%를 기록했다.

매도·매수 시스템이 조작되어 전산이 마비되면서 한국 금융시장은 순식간에 붕괴하기 시작했다.

은행 자동화 시스템도 함께 공격받았다.

ATM 기기가 멋대로 현금을 배출하다가 먹통이 됐다.

수백 명의 고객이 순식간에 몰려들었고, 각 지점에서는 아비규환이 벌어졌다.

한전, 부분 정전, 전략적 조작.

전력망이 공격받았다. 그러나 단순한 전체 정전이 아니었다.

라자루스는 전국 단위의 블랙아웃이 아닌 '선택적 차단'을 실행했다.

일부 지역은 불이 꺼졌지만, 신호등과 지하철 전력망은 유지되었다.

일부 도심의 건물들은 송전이 끊겼고, 사무실에 갇힌 사람들이 구조를 요청했다.

하지만 휴대전화 신호는 이미 차단된 상태였다.

수자원공사, 보이지 않는 홍수.

각 댐의 관리 시스템이 공격받았다.

중앙 제어실의 화면에는 "수문이 정상적으로 닫혀 있음"이라는 메시지가 떠 있었다.

그러나 현실은 달랐다.

원격 조작으로 인해 일부 수문이 서서히 개방되었고, 하류 지역으로 거대한 물줄기가 쏟아져 내려갔다. 주민들은 아무것도 모른 채 집과 도로가 물에 잠기는 광경을 목격했다.

도로 시스템, 신호등의 반란.

삼거리, 사거리. 신호등이 모두 초록 불로 변했다.

교차로마다 차량이 속도를 줄이지 못한 채 정면충돌했다.

충돌 후 밀려난 차량이 또 다른 차량을 덮쳤고, 도로 위에는 연쇄추돌로 인한 불길이 번졌다.

경찰이 긴급 출동했지만, 교통체계가 마비된 상황에서 도로를 뚫는 것은 불가능에 가까웠다.

가스공사, 보이지 않는 폭탄.

서울, 부산, 인천. 주요 도시의 가스관이 해킹당했다.

안전밸브가 정상 작동하는 것으로 보였지만, 내부 압력은 계속 상승하고 있었다.

발전소와 주요 시설로 공급되는 가스량이 급격히 증가했다.

잠시 후, 인천의 한 발전소에서 첫 번째 폭발이 일어났다.

하늘은 낮임에도 불구하고, 마치 저녁노을처럼 붉게 물들었다. 몇 초 뒤, 서울과 부산에서도 연쇄 폭발이 이어졌다.

KT 통신망, 대한민국의 침묵.

인터넷이 끊겼다. 휴대전화도 먹통이었다.

긴급 재난 문자도 전송되지 않았다. 유언비어가 빠르게 퍼져 나갔다.

"서울 도심에 폭탄 테러 발생" "한강 다리가 무너졌다." "외국 대사관이 공격받고 있다"

가짜 뉴스가 SNS를 도배했고, 사람들은 공포에 질렸다.

대한민국은 마비 상태로 빠져들고 있었다.

하지만 지상 눈앞에서는 또 다른 위협이 벌어지고 있었다.

사이버 공격이 전국적인 혼란을 일으키는 사이, 지상공격을 준비하는 요원들은 사전 계획대로 움직였다.

서울, 부산, 대구, 대전, 인천 등 주요 도시 지하철 승강장에 보관된 드론들이 하나둘 꺼내졌고, 요원들은 이를 들고 목표 지점으로 이동했다.

각각의 드론에는 고성능 TATP 폭약이 장착되어 비행을 시작했다.

출입 통제와 혼란 속에서도 요원들은 신속하게 목표 건물 옥상으로 향했다.

드론을 띄우기에 최적의 위치였다.

국방부, 정부 청사, 경찰청, 한국은행, 코엑스, 금융센터, 주요 방송국 등 타격 목표들이 하나씩 시야에 들어왔다.

14:15, 첫 번째 폭발.

광화문 한국은행 3층. 높이 날아오른 드론이 정밀하게 창문을 향해 돌진했다.

"콰앙!"

충격과 함께 창문이 산산이 부서졌다.

폭풍 같은 충격파가 건물 내부를 휩쓸었고, 사무실 집기가 공중에 날아다녔다.

회의실에 있던 직원들은 폭발과 함께 유리 파편에 맞아 쓰러졌다.

건물 아래 거리에는 유리 조각과 콘크리트 파편이 폭우처럼 쏟아졌다.

부산 국제금융센터에서는 두 대의 드론이 연속 공격을 감행했다.

첫 번째 드론이 금융센터 8층을 강타했다.

유리창이 무너지고 안에 있던 직원들이 비명을 질렀다.

건물 내부에 화재가 발생하며 검은 연기가 뿜어져 나왔다.

두 번째 드론은 건물 밖으로 대피하던 인파를 노리고 급강하했다.

"펑!"

충격과 함께 화염이 터져 나왔고, 거리는 순식간에 아비규환이 되었다.

14:20, 공포의 확산.

서울 곳곳에서 연쇄 폭발이 이어졌다.

순찰 및 대기 중이던 경찰과 군 병력이 긴급히 출동했지만, 상황은 이미 통제 불능이었다.

광화문 인근에서는 시민들이 도로로 뛰쳐나왔고, 곳곳에서 피를 흘리며 쓰러진 사람들이 보였다.

공중에는 아직도 드론이 맴돌고 있었다.

경찰특공대가 이를 저격하려 했지만, 드론들은 예상보다 빠르고 기동성이 뛰어났다.

그리고 곧, 두 번째 공격이 시작되었다.

14:25, 2차 공격 개시.

드론은 단순한 1회용 폭탄이 아니었다.

일부는 자폭 후, 일부는 상공에서 선회하다가 흑속 공격을 준비했다.

광화문에서는 한국은행 폭발을 피해 도망치던 시민들 위로 또 다른 드론이 급강하했다.

바닥에 주저앉은 시민들이 두 손을 머리 위로 올리며 비명을 질렀다.

"펑!"

다시 한번 폭발이 일어나며 거리가 붉은 화염에 휩싸였다.

부산 김해공항에서는 경찰 기동대가 출입구를 통제하려 했지만, 드론 두 대가 기동대 대형을 향해 돌진했고 곧이어 폭발이 일어났다.

경찰관들이 공중으로 튕겨 나갔다. 승객들은 비명을 지르며 도망쳤고, 일부는 바닥에 깔려 신음했다.

대구 시청에서는 옥상에서 투입된 드론이 비상계단을 향해 충돌했다.

"콰앙!"

폭발과 함께 계단이 무너져 내렸다.

피난하던 공무원들이 밑으로 추락했고, 건물 내부는 곡소리와 신음 소리로 가득 찼다.

서울, 부산, 대구, 대전, 인천. 도시마다 검은 연기가 하늘로 솟아올랐다.

시민들은 패닉에 빠졌고, 군경은 더 이상 상황을 통제할 수 없었다.

신호 체계가 망가진 도로는 마비되었고, 곳곳에서 들려오는 폭발음은 공포를 극대화시켰다.

테러는 단순한 공격이 아니었다.

완벽한 계획, 정밀한 실행, 절대 피할 수 없는 혼란.

대한민국은 지금, 역사상 가장 암울한 순간을 맞이하고 있었다.

14:30, 피해 현황 및 긴급 대응 개시.

대테러 센터에서 각 기관으로부터 들어오는 피해 보고가 처음에는 단편적인 정보로 들어왔다.

한두 건의 이상 징후로 시작된 사건들이 급속도로 연결되고 있었다.

그러나 어느 순간,

대테러 센터 내부는 마치 거대한 기계의 톱니바퀴가 틀어져 돌아가는 것 같은 소음에 휩싸였다.

전방위적인 사이버 공격이 전국을 강타하며, 통신망은 마비되었다.

모바일 네트워크와 인터넷은 철저히 차단되었고, 불과 몇 분 사이에 국가의 주요 통신망이 붕괴되었다. 수많은 정보를 쏟아낼 수 있는 디지털 세계는 이제 암흑의 바다로 변해버렸다.

대테러 센터는 유선망을 통해 겨우 연결된 각 기관과의 연락망을 필사적으로 유지하고 있었다.

각 기관의 핵심 담당자들과 연결을 시도했지만, 대부분 연결이 끊기고 말았다.

몇 안 되는 위성망과 유선 전화망에 의존하며,

대테러 센터의 방대한 상황실 안은 불안과 혼란 속에서 점차 속도를 잃어갔다.

경찰청은 급히 교통통제 자원봉사자들에게 연락을 취하기 시작했다.

그러나 이는 상상 이상의 시간을 소모했다.

유선망을 통해 전화를 걸고, 연락이 닿은 일부 봉사자들만 급히 소집되었다.

그들이 현장에 도착하기 전까지, 도시 곳곳은 이미 교통마비 상태였다.

사고가 발생하고, 차량이 뒤엉켜 도로는 사실상 마비된 상태였다.

자원봉사자들은 도보로 한 걸음씩 교차로를 돌며 길을 열고 있었지만, 그 속도는 너무나도 늦었다.

경찰청의 상황실은 지휘체계가 마비되면서 사방에서 비명과 전화벨 소리만 가득했다.

대테러부대가 현장에 도달했을 때, 그들은 예상했던 것보다 더 큰 혼란 속에 놓여 있었다.

사고 현장에서 일어나는 폭발물 탐지와 구조작업은 더 이상 계획적인 대응이라 할 수 없었다.

현장에 도착한 대원들은 주어진 상황에 맞춰야 했고, 그들 중 일부는 폭발물 처리뿐만 아니라 부상자 구조까지 해야 했다.

지휘체계가 무너져 버린 상황에서, 경찰서장이 직접 교통경찰의 오토바이를 타고 현장으로 가고 있는 곳도 있었다.

대원들은 상황에 맞는 임기응변으로 움직일 수밖에 없었다.

그들의 일상적인 임무는 이미 혼란과 악전고투로 변해버린 지 오래였다.

현장에서는 모두가 우왕좌왕하며 그들이 할 수 있는 것, 해야 하는 것만을 실수 없이 수행하려 애썼다.

그러나 그것조차 늦어지고 있었다.

14:35, 사이버 공격과 전력망, 가스공사 대응.

수자원공사에서는 해킹으로 인해 수문 제어 시스템이 완전히 마비되었고, 큰 강의 하류에는 비상사태가 지속해서 확대되고 있었다.

그동안 대비책을 마련하고 있었던 수자원공사의 직원들이 신속하게 내부 통로로 투입되었지만, 상황은 매우 예기치 않게 전개되었다.

차단 작업은 늦어지고, 하류의 물은 점점 더 빠르게 유입되고 있었다.

상황실에서의 대응도 점차 불확실해지고 있었다.

각 기관 간의 의사소통이 단절된 상태에서 실시간 피드백은 이루어지지 않고, 결국 하류 지역은 물의 범람으로 마을들이 휩쓸리고 있었다.

그들은 직접 수동적인 방법으로 수문을 차단하려 했지만, 상당한 어려움이 따르고 있었다.

가스공사에서는 전산망 해킹으로 대규모 가스 유출이 발생했고, 이에 따라 발전소에서 폭발이 일어났다.

현장에 도착한 직원들은 그동안 준비했던 수동 차단 매뉴얼을 따라 작업을 시작했지만, 이미 가스가 상당량 유출된 상태였다.

전산망이 완전히 차단되었기 때문에, 그들은 수동으로 남은 차단 밸브를 조작하려 했지만, 그 속도는 너무나 느렸다.

가스가 유출되는 속도는 상상을 초월하며, 발전소에서 가장 큰 폭발이 발생했다.

이에 따라 인근 지역은 대규모 화재와 함께 연기에 휩싸였다.

현장에서는 혼잡하고 구조작업은 한계에 부딪혔으며, 피해는 계속해서 확대되고 있었다.

구조대원들은 부상자를 구하려 애썼지만, 연락이 끊어진 지역이 많아 상황은 여전히 절망적이었다.

15:00, 국가 비상 회의: 북한군의 움직임과 대책.

대통령 직무대행은 그 자리에서 끊임없이 밀려오는 정보들 속에서 불안과 혼란을 감추지 못했다.

통신망은 이미 마비되었고, 각 부서의 의사소통은 뒤죽박죽이 되어 있었다.

사이버 공격과 물리적 테러가 동시에 일어나면서, 국가의 지휘체계는 사실상 붕괴 직전에 다다랐다.

경찰청과 행안부는 사건을 테러로 간주하고 경찰 주도의 대응을 주장했다.

그들은 과거 계엄 상황을 상기시키며, 군 개입이 전국적인 혼란을 초래할 수 있다는 우려를 표명했다.

그러나 국방부는 그와 반대되는 목소리를 냈다. 북한군의 군사적 개입 가능성을 언급하며, 군의 긴급 대응이 필요하다고 주장했다.

회의는 갈수록 길어졌고, 참여자들의 피로감은 커졌다.

이미 모두 마음속으로 결정을 내리고 싶었지만, 혼란 속에서 확신을 찾지 못하고 있었다.

그때, 이진성은 중요한 결단을 내려야 할 순간이 다가왔음을 직감했다.

그는 곧바로 국정원장실로 향했다.

이진성의 발걸음은 빠르고 확신에 차 있었다. 회의에서의 지체가 더 이상 용납되지 않는 순간이었다. 국정원장실에 도달한 이진성은 결례를 무릅쓰고 마이크를 잡았다.

"대통령 권한대행님, 이건 단순한 테러가 아닙니다. 지금 우리는 국가의 기능을 통합하여 대응해야 하는 상황입니다. 지휘를 명확히 해야 한다면, 북한의 군사적 개입이 분명하므로 국방부의 통제가 필요합니다."

국정원장이 그동안의 첩보와 함께 북한의 군사적 도발에 대해 덧붙여 설명했다.

"우리는 몇 달 전부터 북한의 움직임을 포착하고 있었습니다. 이 상황에서 군을 통제하는 것이 가장 중요한 조치입니다."

회의실은 잠시 침묵에 빠졌다. 긴박한 상황 속에서, 대통령 직무대행은 결단을 내렸다.

"그럼, 군에서 통제하여 대응에 총력을 기울입시다."

15:05, 북한군의 전선 이동 포착 : 서울을 향한 공격.

회의를 종료하려던 그 순간, 합동참모본부에서 긴급 보고가 들어왔다.

북한군이 갱도에서 장사정포를 개방하고 이동을 시작한 것이다.

북한군의 병력과 기갑부대는 이미 사격진지로 이동 중이었다.

그들의 전선 방향은 서울을 향해 있었고, 그들의 전술적 움직임은 예상보다 빠르고 치밀했다.

그리고 그 순간—서울을 향해 뻗어 나가는 갱도 포병들이 모습을 드러냈다.

"북한군이 전선 방향으로 병력과 기갑부대를 이동시키고 있습니다. 이들은 이미 사격 준비를 마친 상태이며, 그들의 전방 군사적 움직임은 예상보다 훨씬 더 빠릅니다."

합동참모본부의 대령이 긴급히 보고했다.

회의실은 마치 시한폭탄을 지닌 방처럼 숨죽여 있었다.

이제 군사적 대응이 필수적이라는 목소리가 더욱 커졌다.

"우리는 북한의 군사적 도발에 대응하지 않으면 안 됩니다. 지금 당장 충무사태 1종과 통합방위사태 '갑' 종을 선포해야 합니다."

국방부 차관은 목소리를 낮추지 않았다.

"이제 모든 상황은 북한의 계획된 도발로 연결되고 있습니다."

대통령 직무대행은 즉각적으로 미국 대사관과 연합사와의 연결을 시도하며, 미군의 지원 요청을 부탁했다.

"우리는 이제 연합사의 지원을 받아야 합니다. 미국 군의 지원이 필요합니다."

회의는 이제 북한군의 전선 이동과 미국의 군사적 지원 요청을 중심으로 급박하게 돌아갔다.

국가의 운명을 걸고 결단을 내려야 할 중대한 시점이었다.

» 어나니머스

대한민국의 사이버 방어선은 한계에 다다르고 있었다.
라자루스의 공격은 단순한 해킹이 아니었다.
그들은 SCADA 시스템을 정밀하게 파고들며, 각 시설의 운영권을 하나둘씩 장악해 나갔다.
이미 교통, 전력, 금융, 통신이 무너진 곳이 속출했다.
"DDoS 공격이 미친 듯이 쏟아지고 있어!"
리사가 비명을 지르듯 외쳤다.
모니터에는 수백만 개의 가짜 트래픽이 국가 기간망을 향해 날아드는 모습이 보였다.
정상적인 접속 요청이 묻혀버리면서, 모든 시스템이 오작동을 일으키고 있었다.
"SCADA 시스템 일부 통제 불능."
"일부 변전소에서 원격 명령이 실행되지 않음."
"상수도 조절 시스템, 염소 투입량이 조작됨!"
그들은 납품업체의 보안 취약한 업데이트 파일을 통해 악성코드를 주입했고, 이를 통해 제어 명령을 탈취해 냈다.
가짜 운영 신호로 제어실을 속이고 있었다.

"이대로 가면 진짜로 대형 참사가 일어난다고!"

장우진은 이를 악물었다.

그러나 국정원과의 연락이 끊긴 상태였다.

무선 인터넷이 마비되고, 내부 시스템이 차단되면서 본부와 직접 교신할 방법이 없었다.

"젠장, 이런 상황을 대비한 유선망이 있어야 했는데!"

그때였다.

이진성의 목소리가 무전기에서 간신히 잡혔다.

"우진아…. 현재 일부 정부 시설도 마비됐다. 네트워크가 끊겨서 상황 보고가 안 되고 있어!"

"진성아 잘 들어. 지금부터 수동 조작이 가능하도록 원시적 방법을 전파해야 해! 통신이 막힌 시설에는 직접 전달하든지 어떻게든 수단과 방법 가리지 말고 해야 해!"

"알겠어. 하지만 지금 나도 현장인데 최대한 연락해 볼게."

이진성이 주변을 둘러봤다.

지금 당장 인터넷도, 내부 네트워크도 끊겼다.

핸드폰도 무용지물이었다.

"유선전화가 필요해."

그러나 문제는, 요즘은 유선전화 자체를 찾기가 어렵다는 것이었다.

이진성은 현장에서 주변을 뛰기 시작했다.

"어디든…. 제발 유선전화가 있는 곳이 있어야 해!"

그는 일대를 뛰어다녔다.

이미 주요 건물들은 출입이 통제된 상태였다.

게다가 인터넷 전화(VoIP)는 네트워크 마비로 사용할 수 없었다.

"공중전화…. 공중전화만 찾으면!"

그는 정신없이 거리를 뒤졌다.

그리고 한 구석, 버스 정류장 근처에서 오래된 공중전화 부스를 발견했다.

"제발, 연결돼 있어라!"

그는 동전을 넣고 수화기를 들었다.

다행히, 신호음이 울렸다.

곧장 국정원의 긴급 상황실 번호를 눌렀다.

"국정원 상황실입니다. 누구십니까?"

"이진성입니다! 지금 시설별 원격 시스템이 마비되고 있습니다. 전력, 상하수도, 정유 시설까지! 즉시 원시적 수동 조작 체계를 가동해야 해요!"

"현재 내부 네트워크도 일부 마비되어 상황이 원활하게 공유되지 않고 있습니다. 당신의 요청을 정부 전 시설에 전파할 수 있게 하겠습니다."

"시간이 없어요! 지금 당장 전달하세요!"

"제발 늦지 않기를."

그 사이, 리사와 어나니머스 팀은 필사적으로 라자루스의 공격을 막아내고 있었다.

하지만 갑자기 리사의 표정이 굳었다.

"잠깐만…. 뭔가 이상해."

장우진이 뛰어 들어오며 물었다.

"무슨 일이야?"

"라자루스가 일부 시스템에서 스스로 공격을 멈췄어."

"뭐?"

리사는 재빨리 로그를 분석했다.

"조금 전에 우리가 보낸 악성코드가 작동했어. 그들의 C2 서버 일부가 마비된 건 맞아. 그런데…."

"그들이 우릴 역추적하고 있어. 패킷 경로 분석이 시작됐어."

모니터에 빨간색 경고창이 떠올랐다.

> "Unauthorized Access Detected."

> "Reverse Tracing in Progress…"

"젠장, 우리가 침입한 걸 알고 반격을 준비하는 거야!"

"이미 공격 명령을 변경했어! 이젠 우리가 타깃이야!"

어나니머스 해커들이 빠르게 대응했지만, 이미 늦어 있었다.

라자루스가 공격 목표를 전환하면서, 역으로 해킹을 시도하고 있었다.

"트래픽 분석 중. 출처: 대한민국 내부"

"어…. 안 되겠어. 우리 위치가 노출됐어!"

장우진이 소리쳤다.

"서버를 닫아! 익명성을 유지해야 해!"

하지만 리사는 고개를 저었다.

"이미 늦었어. 오히려 우리가 도망치면, 그들이 더 강하게 밀고 들어올 거야."

장우진과 리사는 눈을 마주쳤다.

"그럼…. 진성이가 했던 것처럼 우리가 직접 쳐들어가야겠군."

장우진은 재빨리 새로운 계획을 세웠다.

"우리가 내부에서 그들의 서버를 마비시켜야 해. 그게 유일한 방법이야."

리사가 키보드를 두들겼다.

"방법이 하나 있어. 북한 내부 방화벽은 일정 수준의 이상 징후가 감지되면 자동으로 차단 모드에 들어가. 그걸 노려야 해."

"즉, 우리가 해킹한 것처럼 위장해서 북한 내부 방화벽이 그들 자체를 차단하게 만드는 거지."

장우진이 이해했다는 듯 고개를 끄덕였다.

"좋아. 실행하자."

어나니머스 해커들이 일제히 손을 움직였다.

그들은 북한 내부 방화벽 시스템에 가짜 공격 로그를 입력했다.

> "Detected Intrusion Attempt from IP: 10.45.233.67"

> "Possible External Threat. Auto-lockdown Activated."

잠시 후, 북한 내부의 방화벽은 내부 연결을 일시적으로 자체 차단했다.

라자루스의 공격 속도가 점차 느려지기 시작했다.

그리고 몇 분 후, 그들의 시스템이 스스로 방어 코드로 전환되었다.

"우리가 해냈어!"

리사가 환호성을 질렀다.

장우진은 모니터를 바라보며 조용히 미소를 지었다.

"이제 라자루스도 쉽지 않을 거야."

» 통합방위사태

2025년 6월 20일, 15:05.

서울 종로구 정부서울청사 지하 벙커.

대한민국의 국가 기능은 마비 상태였다.

정부의 중앙 시스템이 사이버 공격을 받아 마비되었고, 각종 행정 시스템이 붕괴하였으며, 공공 서비스가 완전히 중단되었다.

경찰과 군의 지휘 체계도 흔들리며, 국가의 주요 통제 기관들은 더 이상 효과적으로 대응할 수 없는 상황에 놓였다.

사이버 공격과 연쇄 테러가 전국 곳곳에서 동시에 발생하면서 정부는 즉각적인 대응을 위한 긴급회의를 소집했다.

테러 발생 직후, 국정원과 군의 주요 지휘부는 사태의 심각성을 인식하고, 긴급히 '충무 1종' 및 '통합방위사태 갑종'을 발령해야 한다고 건의했다.

그러나 군의 상황은 이미 임박해 있었다.

북한의 추가 도발이 임박했음을 감지한 군은 예비군 소집을 위한 준비에 들어갔으며, 즉각적인 군 대응이 필요했다.

정보가 불확실한 가운데서도, 군의 최고 지휘부는 더 이상 기다릴 수 없다는 결론에 도달했다.

오후 15시 19분.

북한의 장사정포가 개시되었고, 개성, 해주, 장풍, 사리원 일대에서 일제히 포격이 시작되었다.

서울과 가까운 경기 북부와 서부 지역은 순식간에 포탄이 떨어져 주민들은 공습 경고를 들은 후, 대피하기 시작했다. 그동안의 고심은 이제 의미가 없었다.

선제 타격을 논의할 여유는 더 이상 존재하지 않았다. 북한의 공격이 이미 시작되었기 때문에, 즉각적인 대응만이 남았다.

군 지휘부는 긴박하게 대응을 결정했다. 군의 공보 장교가 급히 보고했다.

"적 포병이 개시했습니다! 서울 북부 및 경기 지역 피해 확인 중! 응사 필요!"

15시 20분, 전방 군단 예하 포병대대는 즉각적으로 응사 명령을 받았다.

15시 21분, K9 자주포와 다연장 로켓(MLRS),

그리고 현무 미사일 전력이 즉각적인 대응으로 적 지휘부 및 무기체계에 대한 반격을 시작했다.

15시 23분, 한국 공군의 F-15K와 KF-21, 그리고 한미 연합 공군이 공중으로 비상 출격했다.

공군은 북한의 미사일 발사대를 신속하게 파괴하고, 전투기들은 평양 상공을 포함한 주요 전선 지역에 대한 공습을 진행했다.

15시 25분, 대한민국 합동참모본부는 'H-Hour'를 선포하며 전면전의 시작을 공식적으로 알렸다.

이제 대한민국은 공식적으로 전쟁 상태에 돌입했다.

북한의 전면적 도발에 맞서 대한민국은 즉각적으로 전시 태세를 최고 수준으로 격상했다.

'데프콘 1(DEFCON 1)' 단계로의 전환과 함께 전면전이 시작되었다.

워치콘(Watchcon) 1단계로의 전환은 대한민국의 군 정보 감시 체계를 최고 수준으로 강화했다.

합동참모본부 및 각 군단은 국가의 방위를 위해 최우선으로 전시 작전을 준비했다.

대한민국의 군은 전방위적인 대응을 위해 전시 작전 계획을 실행하며, 그 누구도 방어 태세에서 물러설 수 없었다.

각 군단 및 군사기지들은 즉시 전투 준비 태세를 강화했으며, 방위 체계는 통합적인 협력을 통해 북측의 공격에 대비했다.

주요 군사기지에서는 병력 동원 및 전투 준비를 완료하며, 전략적 방어와 공세를 동시에 준비했다.

서울과 부산, 대전 등 주요 대도시들이 테러와 사이버 공격으로 인해 기반 시설의 대부분이 마비된 상태에서, 후방 지역의 대응도 중요한 상황이었다.

15시 30분, 국방부는 '지역예비군 동원령'을 즉시 발령하여 군사시설 경계 및 주요 기반 시설 보호 작업을 지원하도록 했다.

공항, 항만, 교량 등 중요한 시설들이 타격을 받을 위험에 처해 있었기 때문에, 민간 피해를 최소화하고 시설의 안전을 확보하기 위한 전방위적인 대응이 필요했다.

그러나 지역예비군의 응소율은 낮았다.

일부 예비군들은 가족 보호를 우선시하며 동원 명령에 응하지 않았고, 일부는 통신 장애로 인해 연락이 끊겼다.

이에 따라 정부는 대국민 발표를 통해 예비군 동원의 중요성을 강조하며, 국토방위의 최전선에서 싸울 것을 호소했다.

"국가가 무너지는 순간, 우리 개개인의 안전도 보장될 수 없습니다. 지금 우리가 나서야 합니다."

정부의 호소에도 불구하고, 예비군의 전반적인 동원 참여율은 저조했다.

국민의 동원 의지가 확고하지 않은 상황에서, 정부는 추가적인 압박을 가할 수밖에 없었다.

오후 15시 35분.

대통령 권한대행과 주요 국방·안보 관계자들이 모인 가운데, 통합방위사태 '갑종' 선포 여부가 논의되었다.

"원칙적으로 국무총리가 통합방위위원회를 소집해야 합니다. 하지만 지금은 공석이고, 게다가 지금은 통신이 끊어져 위원들의 참석 여부도 미정이라 정상적인 회의 진행이 어렵습니다."

하지만 법적 절차보다 중요한 것은 국가 존망의 순간이었다.

대통령 권한대행은 단호했다.

"국방부 차관, 지금 시간적 여유가 조금이라도 있습니까?"

"말씀드리기 죄송하지만, 지금은 촌각을 다투는 시기라 뭐라 말씀드리기 힘들 것 같습니다."

"알겠습니다. 우리가 언제까지 기다려야 하나요?

국민이 다 죽어갈 때까지…. 절차를 논할 시간이 없습니다. 후에 책임은 제가 지겠습니다."

"즉각 '충무 1종' 및 통합방위사태 '갑종'을 선포합니다."

그리고 오후 15시 40분, 대국민 발표가 시작되었다.

오후 15시 45분.

대통령 권한대행은 방송 카메라 앞에 서서, 얼굴에는 결연한 표정을 지었다.

목소리에서 그 어떤 주저함도 느껴지지 않았다. 대한민국 국민에게 직접 전하는 메시지였다.

"국민 여러분, 현재 대한민국은 전례 없는 위기에 처해 있습니다."

"북한은 사이버 테러와 대규모 도발을 감행하였으며, 현재 수도권을 포함한 전국 각지에서 전투가 진행 중입니다."

"이에 정부는 국가 존립과 국민의 생명을 지키기 위해 '충무 1종' 및 '통합방위사태 갑종'을 선포합니다."

"대한민국은 끝까지 싸울 것입니다."

대통령 권한대행의 발표는 전국에 즉시 방송되었고, 각 가정과 공공기관에 생방송이 전파되었다.

모든 국민은 이제 나라의 명운을 걸고 싸워야 하는 상황에 부닥쳤다.

오후 15시 55분.

합동참모본부와 한미연합사는 북한의 핵시설을 조기에 확보하기 위한 작전 계획을 수립했다.

그들의 주요 목표는 북한의 주요 핵시설을 신속하게 무력화시키는 것이었다.

북한의 이동식 미사일 발사대(TEL)에 대한 실시간 감시와 타격, 북한의 지휘부 무력화, 추가 도발을 차단하기 위한 정밀 타격 작전도 포함되었다.

한미 연합사는 핵시설에 대한 타격 준비를 완료하고, 전방 배치된 전력을 급히 동원하여 실시간 타격을 위한 작전을 시작했다.

이제 전쟁은 더 이상 피할 수 없는 현실이 되었고, 각 군의 대응은 더욱 날카로워졌다.

전쟁이 시작되었다.

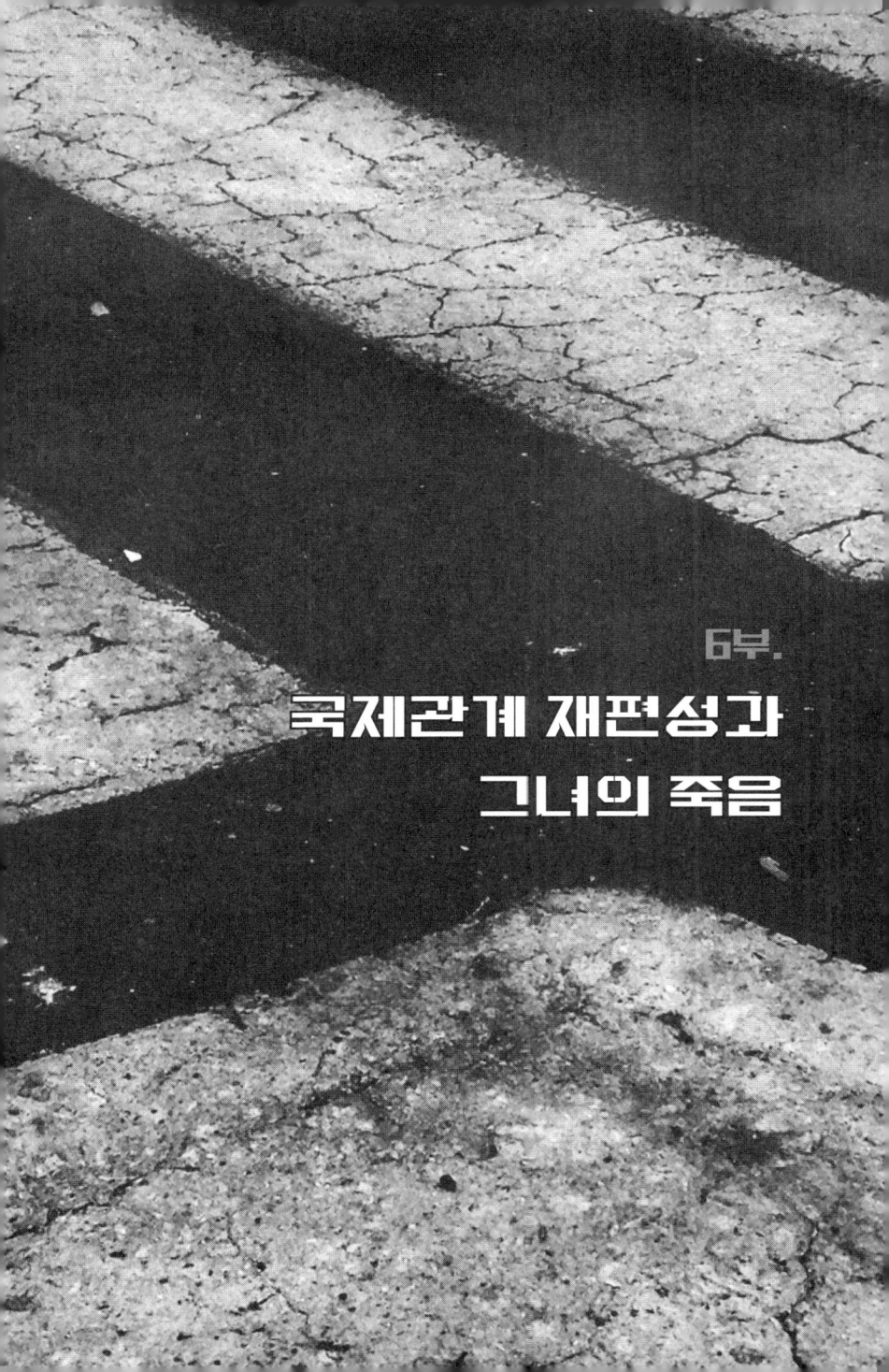

6부.
국제관계 재편성과 그녀의 죽음

» 군부의 반란

전쟁을 시작한 지 일주일, 전선의 긴장감은 어느 때보다 고조되고 있었다.

김정은은 전쟁을 끝내기 위한 비밀 협정을 중국 및 미국과 이중으로 맺으며 절박한 결단을 내리고 있었다.

그는 이미 초기 목표를 달성하지 못한 상황에서, 전선에서의 승리를 거두지 못한 채 병력을 철수시키고, 전쟁을 마무리 지으려 했다.

전쟁이 장기화할수록 김정은은 국제적인 압박과 내부의 불만을 피하려 했고, 그가 선택한 방법은 미국과의 비밀 협정을 통해 전쟁을 조기에 마무리하는 것이었다.

그러나 그의 계획은 예상치 못한 결과를 불러왔다.

전선에서의 진격을 중단하고, 병력의 추가 투입을 금지하는 지시가 내려지자, 상황은 급변하기 시작했다.

김정은이 중국과의 타협을 시도하거 전쟁을 끝내려는 의도가 군부의 강경 세력들에게는 불만의 불씨를 지폈다.

전선을 확장하고, 승리의 기회를 잡아야 한다는 군부의 요구는 김정은의 정치적 입장과 맞물려 갈등을 일으켰다.

군부 내에서는 김정은의 결정에 대한 의문과 불만이 급격히 쌓여갔다.

"전선에서의 승리를 거두지 못했지만, 적어도 전쟁을 끝내는 것은 무모한 짓이다!"

군사적 승리를 위한 동기 부여가 사라지자, 북한군의 사기는 급격히 떨어졌다.

병사들은 앞선 전투에서 얻은 것보다 잃은 것이 더 많다고 느꼈고, 군의 고위 간부들은 상황을 돌파하기 위한 대책을 모색하기 시작했다.

"우리가 왜 전쟁을 시작했는가?"

군부의 고위 간부들은 이 질문을 끊임없이 되풀이하며 김정은의 결정을 이해할 수 없었다.

전쟁을 일으킨 이유가 무엇이었냐는 의문은 갈수록 군부 내에서 불만의 중심으로 떠올랐다.

김정은의 지시는 단순히 정치적 계산에 의한 후퇴였지만, 군부는 그것을 "약한 지도자"의 행동으로 간주했다.

전선에서 승리할 가능성이 있었던 기회가 정치적 이유로 놓치게 되었다는 생각에 군부는 점차 김정은의 지도력에 대한 의문을 품기 시작했다.

"전쟁을 일으키고서는 왜 물러서려는가?"

"우리는 이미 이 전쟁을 시작했다. 그런데도 김정은은 왜 병력의 추가 투입을 금지하고, 전선에서 후퇴하려 하는가?"

군부 내에서의 불만은 폭발 직전이었다. 김정은의 결정이 군사적 논리에 맞지 않는다는 점에서 불안감이 커졌고, 그들은 점점 더 큰 분노를 느꼈다. 전방에서 싸워온 이들은 이제 그들의 목숨과 희생이 정치적 협상으로 끝날 수 없다고 느꼈다. 김정은의 지시는 "정치적 타협"이라고 군부는 분석했고, 그들은 전선을 놓치지 않기 위해 강력한 대응을 요구했다. "으리가 왜 이렇게 싸우고 있는가? 왜 이 전쟁을 시작했는가?" 이 질문은 이제 군부의 집단적인 불만이 되었다.

그들은 전선에서 죽어가는 병사들을 목격하고 있었다.

그들은 피와 땀을 흘리며 싸워왔지간, 정치적 이유로 전선에서 후퇴하려는 김정은의 지시를 더 이상 따를 수 없다고 결심했다.

병력의 추가 투입을 거부하고 전선을 완전히 물리기로 하는 김정은의 결단은 이제 군부를 더욱 불안하게 만들었다.

2025년 6월 27일, 새벽 2시. 평양 방호사령부 지휘 본부.

평양 방호사령부(이하 평방사)와 호위사령부는 이미 모든 상황을 예측하였다.

군부가 쿠데타를 감행한다 해도 전선에서 병력을 빼는 것은 쉽지 않았다.

전선에 배치된 병력은 국경 방어를 맡고 있는 핵심 전력으로, 최소한의 병력만 평양으로 이동시킬 수밖에 없는 구조였다.

그나마 병력을 빼더라도 평양을 장악하기엔 역부족이었다.

군부가 평양을 무력으로 점령하려던 최소한 3개 사단 이상의 병력이 필요했다.

하지만 현실적으로 이동할 수 있는 병력은 1개 사단 규모도 되지 않았다.

"반란군이 평양으로 진격을 시도하고 있습니다!"

평방사와 호위사령부의 간부들은 급히 내부 작전회의를 열었다.

"병력을 빼봤자 평양 장악은 불가능하다. 군부가 여기까지 오면 전선에서의 지휘 체계는 완전히 무너진다."

"그들이 승리하면 결국 평양을 기반으로 전선을 새로 짜겠지만, 그럴 능력이 있을까?"

"불가능하다. 최고지도자 동지께서는 이 상황을 이미 예상하셨을 것이다."

평방사와 호위사는 김정은의 명령을 즉각 수용하기로 했다.

김정은의 이름으로 "반란군에게 가담하면 가차 없이 숙청하고, 반란군을 진압한 자는 포상한다."라는 성명을 발표하며 군 내부 결속을 다졌다.

반란을 주도한 군부 강경파들은 평방사와 호위사가 당연히 자신들의 편에 서리라 판단했다.

하지만 예상은 완전히 빗나갔다.

그들은 평양 입구에서 방호사령부와 정면으로 맞닥뜨렸다.

"진입을 허용하지 않겠다."

"우리는 북한을 위해서 행동하는 것이다! 김정은 동지는 이 전쟁을 망치고 있다!"

"군사적 충성은 오직 최고지도자 동지에게 있다. 반란군은 즉시 무장을 해제하라!"

상황은 점점 악화하였다.

반란군은 예상보다도 적은 병력만을 동원한 상태였고, 평양 방어선은 생각보다 단단했다.

반란군이 전면전을 감행하기엔 병력과 화력에서 현저히 밀리고 있었다.

"이대로 가면 평양을 점령하기도 전에 전멸한다."

반란군 내부에서도 동요가 시작되었다.

전선에서 병력을 빼 오지 못한 상황에서 평양을 강행 돌파하는 것은 무모한 자살 행위였다.

평양 방어선에서의 교전이 격렬해질 무렵, 김정은에게 긴급 보고가 들어갔다.

그는 집무실에 홀로 앉아 보고서를 받았다. 얼굴에는 피곤함과 분노가 교차했다.

"반란군이 예상보다 빨리 움직였습니다. 하지만 평방사와 호위사는 충성을 맹세한 상태입니다. 곧 제압될 것입니다."

김정은은 보고를 조용히 듣고 있었다. 눈앞에 펼쳐진 지도를 바라보며 천천히 말을 꺼냈다.

"재미있는 일이군. 놈들이 정말 평양을 차지할 수 있을 거로 생각했단 말인가."

그는 한숨을 내쉬며 입술을 굳게 다물었다.

전쟁이 장기화하면 북한은 더 이상 버틸 수 없다.

처음부터 중국이 원하던 것은 북한이 미군의 발목을 잡아두는 것이었지만, 이제 그 역할에서 벗어나야 했다.

'중국이 원하는 대로만 움직일 수는 없다. 지금은 이 상황을 활용해야 한다.'

김정은은 오히려 반란군의 시도를 이용해 자신이 전쟁에서 빠져나갈 명분을 만들 수 있음을 직감했다. 그는 즉시 평방사와 호위사에 지시를 내리는 한편, 남한을 향해 전면 공격을 중지한다는 성명을 발표하도록 지시했다.

"남으로 방송을 내보내라. 우리는 전쟁을 멈출 준비가 되어 있다고 말이다."

동시에 반란군의 주요 인사들의 가족을 잡아들이라는 명령도 내렸다.

회유할 수 있는 자들은 회유하고, 끝까지 반항하는 자들은 무자비하게 숙청할 작정이었다.

김정은은 속으로 중얼거렸다.

"이 반란이 나에게는 오히려 기회가 될 것이다."

반란군 수뇌부는 평양을 빠르게 정복할 수 있다고 믿었다.

평방사와 호위사령부가 자발적으로 합류할 것이라 확신하며, 김정은의 지배가 이미 위협받고 있고 군 내부에서 불만이 폭발 직전이라 생각했다.

그러나 그들의 판단은 예상과 달리 치명적인 착오였다.

"평방사와 호위사가 우리가 원하는 대로 움직이지 않는다니…. 말도 안 돼."

반란군의 정보 참모가 전달한 소식은 이들의 계획을 무너뜨렸다.

"그들도 전쟁을 끝내려 한 것에 불만을 표현할 것으로 생각했는데…. 그들은 우리와는 전혀 다른 판단을 내린 건가?"

"눈 앞의 상황을 직시하시라요. 사령관 동지. 그들은 여전히 김정은에게 충성하고 있습니다. 우리는 이제 배신자로 낙인찍힌 상태입니다."

반란군의 선택지는 두 가지였다.

평양을 향해 돌진하거나, 후퇴하여 스스로의 목숨을 지키는 것.

그러나 후퇴는 곧 숙청을 의미했기에 이들은 결국 평양을 향해 나아가기로 했다.

반란군은 배수진을 치고 평양 외곽을 향해 진군했다.

하지만 그들이 예상한 것보다 훨씬 강한 저항이 기다리고 있었다.

"이길 수 없다면, 방법을 달리 해야 한다."

반란군이 접근하자 평양 방어는 철저하게 구축되어 있었고, 주요 도로를 차단한 평방사의 특수부대가 버티고 있었다.

"이 길로는 못 갑니다."

경고 사격이 울리며, 반란군은 그 길로는 더 이상 나아갈 수 없음을 깨달았다.

"우리의 병력은 이곳을 뚫을 만큼 충분하지 않다. 상황은 예상을 훨씬 웃돈다."

반란군은 그제야 절망을 느꼈다. 평양의 방어망은 예상보다 훨씬 더 강력했다.

쿠데타의 끝이 보이기 시작하자, 반란군 내부에서도 균열이 발생했다.

"우리는 이미 졌다. 평양은 못 들어간다."

"하지만 돌아가면 죽을 거야. 끝까지 싸우는 게 낫지 않겠냐?"

일부 장교들은 자신의 목숨을 살리기 위해 김정은에게 몰래 정보를 전달하기 시작했다.

반란군의 위치와 지휘부, 탈출을 시도하는 세력에 대한 정보는 순식간에 김정은에게 흘러갔다.

그들은 절대 안전하지 않았다.

김정은의 보복은 빠르게 시작되었고, 반란군은 무너져 내렸다.

김정은은 반란군 지휘관들의 가족을 잡아들였다.

"네 가족을 우리 손에 쥐고 있다. 이제 네가 선택할 때다."

군부 강경파들 중 일부는 가족을 보호하기 위해 김정은에게 충성을 맹세하기 시작했다.

"우리는 전쟁을 위해 싸운 것이지, 가족을 희생시키기 위해 싸운 게 아니다."

그러나 가족의 희생을 감당할 수 없었던 일부 장군들은 결국 김정은에게 항복하고 싸우기를 포기했다.

하지만 그들은 그자신과 가족들은 더 이상 구할 수 없었다.

김정은은 한 명씩 처형을 시작했고, 그 모습을 본 나머지 장교들은 공포에 떨었다.

반란군의 마지막 시도는 평양 외곽에서의 결사 항전이었다.

그러나 이미 전력 차이는 명확했다. 전투는 불과 4시간 만에 끝났고, 반란군은 완전히 패배했다.

"모든 반란군을 제거하라. 가족까지도 처형하라."

투항한 지휘관 중 일부는 공개 처형되었고, 나머지들은 흔적도 없이 사라졌다.

결국, 쿠데타는 실패로 끝났다.

평양은 여전히 김정은의 통제 아래 있었고, 반란은 끝을 맺었다.

하지만 이 실패는 김정은에게 새로운 전환점을 가져다주었다.

"더 이상 전쟁을 이어갈 필요가 없다. 전쟁을 끝낼 명분을 얻었다."

김정은은 남한과 미국을 향해 전면적인 공격 중지를 선언했다.

"전면전을 중지한다. 평화 협상을 시작할 준비가 되었다."

그는 비밀리에 미국과 접촉을 시도했다.

"우리는 약속을 지켰다. 이제 미군은 철수해야 한다."

이제 북한의 운명은 전혀 다른 방향으로 흐르기 시작했다.

» 전환점

북한은 전면적으로 전쟁을 중단한다고 공식 선언했다.

전 세계는 이 소식에 충격을 금치 못했다.

평양에서 발표된 메시지는 북한의 내부에서 일어난 급격한 변화를 강하게 시사했다.

김정은은 더 이상 전쟁을 이어갈 이유를 찾지 못했으며, 사실 외부에 알려지지는 않았지만 내부의 쿠데타 실패와 반란군의 붕괴는 그에게 전쟁을 중단할 명분을 만들어 주었다.

한반도에서의 전쟁은 종료되었고, 이제 북한은 중국과 미국에 전면적으로 전쟁을 중지한다는 의사를 표명했다.

중국과 미국 모두 예상치 못한 전환에 당황했다.

북한의 내부 분란은 이미 오래전에 시작되었고,

그로 인해 전선에서 북한군의 전투력은 급격히 저하되었으나, 그 누구도 북한이 이렇게 빨리 전쟁을 멈추리라 예측하지 못했다.

이제 남은 것은 중국과 미국 간의 전투, 그리고 그 사이에서 벌어지고 있는 대만 전선의 상황이었다.

전쟁이 발발한 지 불과 이틀, 중국은 예상치 못한 전환점을 맞았다.

대만을 신속히 정복할 것이라 확신했던 중국군은 전선에서 예상과는 전혀 다른 전개를 맞이하게 되었다.

처음에는 대만을 일거에 압도할 것이라 믿었지만, 막상 전투가 시작되자 미군의 지원과 대만군의 저항이 예상보다 훨씬 강력하게 나타났다.

중국군의 전력은 여전히 압도적이었지만, 그들이 믿었던 승리는 서서히 사라지기 시작했다.

중국군의 물량은 전혀 부족하지 않았다.

하지만 그들이 자랑했던 물량의 이점도 부패와 비효율적인 군수 관리 앞에서는 빛을 잃었다.

고급 장비들은 작동하지 않았고, 병사들은 제대로 훈련되지 않은 채 전선에 내몰렸다.

Type 99A 전차와 J-20 스텔스 전투기는 등장했지만, 그들의 성능은 기대에 못 미쳤다.

특히 HQ-9 방공미사일 시스템은 미군의 공중 전력에 제대로 대응하지 못했고, 그 결과 중국군은 점차 제압당하기 시작했다.

빠르게 승리할 수 있으리라 생각했던 전투는 순식간에 예기치 않은 방향으로 흐르기 시작했다.

중국군의 해상 전력은 대만 해역으로 몰려들었지만, 미군의 공중 우위와 대만 해군의 예상 밖 저항에 직면하면서 그들의 계획은 빠르게 틀어졌다.

F/A-18 슈퍼 호넷과 P-8 포세이돈이 대만 해협 상공을 지배하며, 중국 해군의 주요 전함을 추격했다. 대만 해군은 미군과 협력하며 기습적인 공격을 퍼부었고, 그 결과 중국 해군의 Type 052D 구축함과 Type 039A 잠수함은 큰 피해를 보았다.

해상에서의 전투는 중국 해군에게 치명적인 타격을 입혔고, 그들의 전투력은 빠르게 소진되기 시작했다.

피해가 속출하자, 중국군은 후퇴하지 않기 위해 재편성에 들어갔다.

Type 99A 전차와 PLZ-05 자주포를 동원해 대만 동부로 전력을 이동시키고, 대만 내륙으로의 진격을 모색했다.

해상에서의 열세를 인정한 후, 중국군은 육지에서의 전투로 승부를 보겠다고 결심했다.

하지만 미군의 압박은 끝없이 이어졌고, 대만 해협에서의 전투는 한 치 양보 없는 일진일퇴의 양상을 보였다.

중국군은 전투력에 큰 타격을 입지는 않았지만 군수 보급이 지연되는 문제가 속출하고 있었다. 하지만 여전히 전선에서 밀리지 않으려 애썼다.

전쟁이 5일째 접어들자, 양측의 전력은 팽팽하게 맞서 있었다.

미군은 압도적인 공중 우위와 해상 전력으로 중국군의 물량을 제압하며 전투를 이어갔다.

하지만 중국군 역시 쉽게 물러서지 않았다.

그들은 여전히 강한 전투 의지를 다지고 재편성 후 다시 전선에 나설 준비를 하고 있었다.

대만 해협에서의 전투는 끝날 기미를 보이지 않았고, 중국군은 결코 대만을 포기할 생각이 없었다.

그들의 의지는 끝까지 꺾이지 않았다.

전장은 갈수록 치열해졌고, 어느 쪽도 쉽게 승리할 수 없는 상황이 계속되었다.

중국군은 물러서지 않겠다는 결심을 하며, 대만 해협에서의 승리를 위해 마지막까지 싸울 준비가 되어 있었다.

전장의 긴장감은 여전히 고조되었고, 어느 한쪽이 승기를 잡기까지는 시간이 필요할 듯 보였다.

전쟁의 서막이 오르기 전에, 대만은 미군의 지원을 통해 해양 방어망을 대대적으로 강화했다.

중국군은 예상보다 빠르게 대만을 침공하려 했지만, 대만의 해상 방어는 그 어느 때보다 강력해졌다. 대만 해군은 Tuo Chiang급 미사일 공격함과 Kang Ding급 호위함을 배치해 해양 방어선의 핵심을 강화했다.

특히 Tuo Chiang급은 고속 기동력과 강력한 미사일 발사 능력 덕분에 중국 해군의 전함을 추격하며 큰 피해를 입혔다.

Kang Ding급은 미군의 Arleigh Burke-class 구축함과 협력하여 대만 주변 해역을 지배하며 중국 해군의 공격을 차단했다.

대만은 Patriot PAC-3 미사일 방어 시스템을 강화하여 중국군의 공중 공격을 차단했다.

이 시스템은 중국의 J-10 전투기와 KJ-2000 조기경보기의 공습을 저지하며, 미군의 Aegis 시스템이 탑재된 구축함과 협력해 해상 공격도 성공적으로 방어했다.

대만 해군은 미군의 F/A-18 슈퍼 호넷 전투기와 함께 중국 해군의 전투함에 정밀한 미사일을 발사하며, RIM-66 Standard MR 미사일을 이용해 중국의 Type 039A 잠수함을 추적하고 격침시키는 중요한 역할을 했다.

초기에는 대만의 해양 방어망이 약해 보였지만, 미군의 고도화된 기술과 지원 덕분에 방어망은 빠르게 강화되었고, 이는 중국 해군의 공격을 차단하는 중요한 기폭제가 되었다. 특히 미군의 P-8 포세이돈과 RQ-4 글로벌 호크 무인정찰기의 지원을 받아 중국 해군의 움직임을 철저히 감시하고 대응할 수 있었다. 대만의 해양 방어망은 전선을 형성하며 중국 해군을 점차 몰아내기 시작했다.

북한의 종전 선언과 함께, 미군은 집중적으로 대만 전선으로 병력을 이동시켰다. 대만은 그동안 바람 앞의 촛불처럼 흔들리며 중국군의 압박을 받았다. 중국군은 이미 대만을 거의 제압할 기세였고, 상황은 절박해 보였다. 그러나 미군의 전면 참전은 전황을 급격히 뒤바꾸었다. 대만의 방어망이 강화되고 미군의 지원이 본격적으로 시작되자, 중국군은 대만 해역에서 더 이상 밀어붙일 수 없게 되었다.

미국은 전투의 흐름을 완전히 바꾸기 위한 준비를 마친 상태였다.

미 공군의 F-22 랩터와 B-2 스텔스 폭격기는 중국의 방공망을 뚫고 전략적 목표를 타격하며 중국군의 전진을 막았다.

미군은 대만 주변의 바다에서 USS Nimitz 항공모함을 비롯한 강력한 해상 전력을 투입해 중국의 보급선을 차단했다.

미 해군의 SSN-688 공격형 잠수함은 중국 해군의 주요 해상 보급선을 추적하며 Type 052D 구축함을 격파하는 데 성공했다.

물자와 병력 보급이 어려워지면서 중국군은 점차 전선에서 밀려나기 시작했다.

중국은 대만을 정복하려 했지만, 미군의 공중과 해상 전력은 그들의 계산을 완전히 뒤집어 놓았다.

중국의 Type 99A 전차와 PLZ-05 자주포는 대만 내륙에서 미군과 대만군의 반격을 받으며 제대로 된 진격을 할 수 없었다.

미군은 이미 대만 해역을 장악하고, F/A-18 슈퍼 호넷과 P-8 포세이돈을 통해 중국의 해상 전투력을 제압했다.

》 잔해속에서 피어나는 길

대한민국은 전쟁의 잔해를 치우며 빠르게 재건의 길을 걷고 있었다.

대규모 테러와 며칠간의 전쟁으로 인해 수도는 여전히 곳곳에 상흔이 남아 있었지만, 국민들은 서로를 부축하며 일어서는 중이었다.

건물 곳곳엔 총탄 자국이 남아 있었고, 일부 지역에서는 아직도 무너진 건물의 잔해를 치우는 중이었다.

거리에는 피난을 떠났던 사람들이 하나둘씩 돌아와 집을 정리하고 있었고, 시장과 가게들도 조금씩 문을 열기 시작했다.

하지만 여전히 곳곳에서 군인들이 무장하고 경계를 서고 있었고, 공습의 흔적을 지운다고 해도 사람들의 눈빛에는 피로와 두려움이 남아 있었다.

전쟁이 끝난 후, 정부는 정리되지 않았던 계엄 사태의 잔재를 해소하고 국가 정상화를 위한 후속 조치를 마련하고 있었다.

대통령 선거를 다시 실시하기 위한 준비가 시작되었고, 현재 대통령 권한대행을 중심으로 국가 재건 작업이 한창 진행되고 있었다.

정부 청사에는 하루에도 수십 차례씩 긴급회의가 열렸다.

경제 부흥을 위한 정책부터 피해 보상 문제, 외교적 복구 방안까지.

이번 사태에서 드러난 문제점을 보완하기 위해 신속히 움직이고 있었고, 국제 사회도 대한민국의 빠른 복구를 돕기 위해 지원을 아끼지 않았다.

한편, 군부와 정보기관들은 이번 사태를 통해 드러난 안보 공백을 메우기 위해 바쁘게 움직이고 있었다.

특히 사이버 보안과 대테러 대응 시스템 강화가 최우선 과제였다.

이번 사태에서 북한의 정보전과 사이버 공격이 결정적인 역할을 했기에, 향후 방어 전략이 더욱 중요해졌다.

전쟁이 끝난 후에도 국정원은 북한 관련 정보 분석을 멈추지 않았다.

마담에 대한 단서를 찾기 위해 확보한 문서들을 검토했지만, 그녀와 관련된 정보는 철저히 베일에 감춰진 상태였다.

이진성은 마지막 보고서를 넘기며 중얼거렸다.

"결국 마담의 정체는 찾지 못했군."

장철진은 피곤한 목소리로 대답했다.

"그래도 우리가 알게 된 건 있어. 대남 공작을 이끈 게 단순한 북한 요원들이 아니라는 거야."

"혹시 리주실일 가능성은?"

장철진은 고개를 저으며 답했다.

"그녀일 가능성도 있지만, 확신할 수 없어. 중요한 건, 그녀가 아니더라도 '마담'라는 존재는 북한 내에서 계속 살아 있을 거라는 거야."

이진성은 창밖을 바라보았다.

북한이라는 거대한 체제가 잠시 무너졌다고 해도, 어둠 속에서 새로운 마담이 나타날 가능성은 충분했다.

국정원 내부에서는 이번 사태를 통해 각 요원의 역할을 다시 평가하고 있었다.

전쟁과 테러를 사전에 막지는 못했지만, 피해를 최소화하는 데 기여한 인물들에 대한 공로를 인정해야 했고, 반대로 대응에 실패한 부분에 대한 책임도 물어야 했다.

그 과정에서 주목받은 인물 중 하나가 이진성이었다.

그는 국정원의 공식적인 정보망이 아닌, 익명의 해커 조직 어나니머스를 설득해 북한의 사이버 공격을 방어하는 데 성공했다.

SCADA망 침투를 저지하고, 지하철 테러의 징후를 포착해 피해를 최소화하는 데 기여했다.

그의 판단이 아니었다면, 서울을 비롯한 전국의 주요 시설 시스템이 완전히 마비되었을지도 몰랐다.

그의 공은 내부적으로 인정받았고, 국정원에서도 그를 중요한 자산으로 평가하고 있었다.

하지만 그는 여전히 한 가지 마음속에 맺힌 것이 있었다.

'더 빨리 막을 수 있었어야 했다….'

그는 피해를 막기 위해 최선을 다했지만, 결국 수많은 사람이 목숨을 잃었다.

테러는 전국적으로 벌어졌고, 수많은 희생자를 남겼다. 그 사실이 그를 짓누르고 있었다.

국정원은 또한 이번 전쟁에서 결정적인 역할을 했던 인물들도 재평가하고 있었다.

그중에서도 가장 주목받은 인물은 오은영이었다.

그녀는 북한의 대규모 테러 및 전쟁 준비 정황을 국정원에 제공하며 결정적인 이바지를 했다.

그녀의 정보 덕분에 대한민국은 공격에 대비할 시간을 벌 수 있었다.

하지만 그녀의 정체는 복잡했다.

그녀는 북한에서 남한으로 전향한 이중간첩이었다.

남한을 위해 일했지만, 여전히 위험한 존재였다

국정원 수뇌부는 그녀를 정식 요원으로 영입하는 방안을 비밀리에 논의하고 있었다.

하지만 그녀는 그 제안을 거절했다.

오랜 세월을 정보전에 몸담으며 살아온 삶. 북한과 남한, 두 세계의 틈에서 줄타기하듯 살아온 시간. 이제는 끝내고 싶었다. 국정원의 사람들은 예상했다는 듯 고개를 끄덕였다.

하지만 이어지는 그녀의 말에 그들의 표정이 미묘하게 바뀌었다.

"이제는 아이를 제 곁에 데려오고 싶어요. 간첩이 아니라, 평범한 엄마로 살고 싶어요."

순간, 방 안이 조용해졌다.

국정원의 사람들은 예상하지 못한 표정을 지었다.

"아이…. 라고요?"

이진성이 군 생활 중 자신이 해외 연수를 떠나 있던 동안, 오은영은 혼자서 아이를 출산했다.

북한의 감시를 피해 아이를 안전한 곳에서 키우기 위해, 그녀는 아이를 오스트리아로 보내고 먼발치에서 지켜볼 수밖에 없었다.

그녀의 딸은 이제 다섯 살이 되었고, 오은영은 더 이상 떨어져 살 수 없다고 결심했다.

"그동안 너무 멀리 있었어요. 이제는 아이를 제 곁에 데려오고 싶어요. 아이에게도 가정을 찾아 주고 싶어요."

국정원의 간부는 한참을, 그녀를 바라보았다.

"그 선택이 안전할 거로 생각하십니까?"

오은영은 웃으며 대답했다.

"정보전 속에서 사는 것보다야 훨씬 안전하겠죠."

국정원의 사람들은 그녀의 결정을 존중할 수밖에 없었다. 하지만 그녀는 알지 못했다.

북한이 이미 그녀를 주목하고 있다는 사실을.

그리고 아주 가까운 미래에, 그녀를 기다리는 운명이 어떤 것인지도.

자리에 참석하고 있던 국정원 간부가 조용히 한 장의 문서를 꺼내며 물었다.

"전쟁이 끝난 후 북한 내부에서 교신을 주고받은 흔적이 있습니다.

발신자는 확인되지 않았지만, 수신자는 북한의 잔당 세력 중 하나로 추정됩니다."

오은영이 문서를 바라보며 입을 열었다.

"즉, 마담은 아직 살아 있다는 거군요."

"혹은…. 새로운 마담이 등장했을 수도 있고요."

국정원 사람들은 깊은 한숨을 내쉬었다.

전쟁은 끝났지만, 싸움은 여전히 끝나지 않았다는 것을 그들은 깨닫고 있었다.

어둠은 절대 사라지지 않는다.

그녀가 사라지지 않는 한.

» 러시아의 중재

 전 세계는 급격히 뒤흔들리는 전쟁의 흐름을 목격했다.
 중국은 자신이 지고 있는 대만 전선에서의 실패를 인정하고, 국제 사회에 전면적인 전쟁 중단을 선언했다. 하지만 그 결정 뒤에는 눈에 보이지 않는 치명적인 원인이 있었다. 중국은 처음에는 대만을 빠르게 점령하고, 미국의 개입을 막을 수 있을 것이라 확신했다. 그러나 예상과는 달리 대만 해역에서의 치열한 전투와 미군의 예상보다 빠르고 강력한 반격에 직면하면서, 중국은 점차 전력을 소진해 갔다.
 특히 대만 해군과 미군의 협력이 중국의 해상 전력을 제압하며, 중국은 필사적으로 전선을 지키기 위해 군 재편성에 들어갔다.
 그러나 이러한 군사적 어려움은 단순히 전쟁의 물리적인 결과만을 의미하지 않았다.
 중국 내부에서의 불안감도 깊어지고 있었다.
 군의 물량과 기술적 우위를 자랑하던 중국이지만, 그들의 시스템은 부패와 비효율에 의한 결함들로 기형적인 모습을 보였고, 군 내에서는 패배의 책임을 묻는 목소리가 커져갔다. 정치적으로도 중국은 내부의 균열을 잠재우기 위해 싸우고 있었다. 장기적인 전쟁의 결과, 더 이상 자원을 소비하고 세계에서의 입지를 더 이상 위협받는 상황을 감당할 수 없었던 시 주석은 급격한 결정을 내리게 된다.

전 세계가 주목한 순간, 예상치 못한 외부 세력이 등장했다.
바로 러시아였다.
러시아는 과거 글로벌 패권을 쥐었던 전통적인 강대국이었으며, 지금도 그 명성을 되찾고 싶은 강한 욕망이 있었다.
전쟁이 길어지고 중국이 고립되자, 러시아는 미국과 중국 사이의 중재자로서 나서기 시작했다.
러시아는 미묘한 균형을 유지하며 두 강대국 사이에 끼어들 기회를 포착했다.
푸틴은 자신이 직접 나서야 한다는 결정을 내렸다.
러시아는 그동안 여러 외교적 갈등을 겪으면서도 국제 사회에서의 위상을 회복하고 싶었다.
특히 중국과 미국이 전 세계를 지배할 가능성이 커지자, 이를 균형을 맞추기 위해 노력했다.
미국은 중국의 과거 대국주의적인 태도를 경계하고 있었고, 중국은 G2로서 미국과 대등하게 나설 수 있는 시점을 기다리고 있었다. 그러나 러시아는 미국과 중국이 서로 끝까지 싸우는 것보다는, 중재를 통해 전쟁을 끝내는 것이 더 효과적이라는 판단을 내렸다.

푸틴은 직접 시 주석에게 전화를 걸어, "더 이상 싸우지 말고 대만을 포기하는 것이 현명하다."라고 말했다.

중국이 대만을 포기한다면, 그 대가로 미국과 러시아는 중국의 전쟁 부담을 덜어주는 협정에 서명할 수 있을 것이라는 조건을 제시했다.

시 주석은 이 순간을 놓치지 않았다.

중국이 전선에서 물러난다면, 그것은 중국의 국가 안보와 외교적 입장을 어느 정도 복원할 기회였고, 미국은 중국의 군사적 위협을 제거하며 자신의 입지를 강화할 기회였다.

"중국의 지배적 위치는 이미 한계에 다다랐다. 지금부터는 협상이 중요하다. 대만을 놓고 더 싸우는 것은 전혀 이득이 없다. 내 말에 귀 기울여라."

푸틴의 말은 시 주석에게 심각한 고민을 안겼다.

시 주석은 더 이상 전쟁을 지속할 수 없음을 느꼈고, 결국 푸틴의 중재를 받아들이기로 했다.

미국은 처음에는 중국의 결정을 믿지 않았다.

중국은 국제 사회에서의 영향력을 더욱 확대하려는 시도만을 계속해 왔기 때문이다.

그러나 중국이 전쟁 중단을 선언하며, 푸틴이 직접 나서 협상을 제안한 상황에서 미국은 이를 무시할 수 없었다.

미국의 고위 관료들은 러시아가 제시한 조건을 신중하게 검토했다.

  중국의 군사적 위협을 제거할 수 있는 절호의 기회였고, 이를 통해 G2로서의 자리를 놓고 미국의 우위를 확실히 하려는 목적이 있었다.

  미국의 대표적인 외교관인 대니얼 해리스는 전통적인 외교적 통찰을 통해 이 상황을 평가하고, 전쟁을 지속하는 것보다 협상 테이블에서의 우위를 차지하는 것이 미국의 이익에 부합한다고 판단했다. 그는 "중국은 전쟁을 지속할 능력이 없다. 우리는 이 기회를 놓쳐서는 안 된다"라며 협상에 임할 준비를 했다. 대니얼 해리스는 그간의 외교적 경륜을 통해 중재자 역할을 맡을 푸틴의 의도를 간파했으며, 미국이 이를 어떻게 활용할지에 대한 전략을 세우기 시작했다.

  "중국이 대만을 포기한다면, 우리는 그들의 군사적 부담을 덜어주는 것과 더불어 경제적 제재를 완화하고, 양국 간의 재건적 협력을 약속할 것이다. 그러나 그 대가로 대만의 안보는 반드시 중국이 보장해야 한다."

  해리스는 강력히 주장했다.

  미국, 중국, 그리고 러시아는 최종적으로 협상 테이블에 나섰다.

  장소는 중동의 사우디아라비아였다.

  사우디는 전통적으로 미국과 밀접한 관계를 맺고 있었지만, 이번 협상에서 중립적 역할을 자처하며 협상을 진행했다.

대규모 협상 테이블이 펼쳐지자, 각국의 대표들은 자리에 앉았다.

푸틴은 자신감 넘치는 표정으로 협상을 이끌어갔다.

시 주석은 불안한 표정을 감추지 못했다.

그동안 세계를 향해 강력한 메시지를 보냈던 중국이, 이제는 전쟁을 종료해야 한다는 사실을 받아들이게 된 것이다.

미국 대표인 대니얼 해리스는 차분하면서도 확신에 찬 목소리로 말했다.

"이제 중국은 더 이상 미국과 대결할 수 없다. 대만 문제는 해결되었고, G2에서의 균형도 확립됐다. 우리는 더 이상 싸울 이유가 없다."

중국 대표는 깊은 한숨을 내쉬며, 대만을 포기하겠다고 선언했다.

"우리는 더 이상 대만을 영토로 주장하지 않겠다. 이 전쟁은 끝났다."

이 선언은 전 세계를 놀라게 했다.

중국의 자존심을 건 대만 침공이 이렇게 끝을 맺게 되리라고는 그 누구도 예상하지 못했다.

협정은 최종적으로 체결되었고, 대만은 미국과 중국 간의 완전한 중립지대로 설정되었으며, 중국은 전쟁 보상금 일부의 부담을 덜어낸 상태에서 부담하게 되었다.

중국은 이제 더 이상 군사적 위협을 가할 수 없게 되었고, 러시아는 자신들의 중재 역할을 공식적으로 인정받았다.

전쟁은 종결되었고, 세계는 새로운 질서로 향하는 첫발을 내디뎠다.

하지만 이 협정의 뒷면에는 여전히 불안 요소들이 존재했다.

국제관계는 이제 완전히 새로운 국면으로 접어들고 있었다.

》 밀약의 전환점

2025년 8월, 워싱턴 D.C.

미국은 드디어 중국과의 전면전을 마무리 짓고 승기를 잡았다.

수차례의 협상 끝에, 중국은 결국 미국의 요구를 받아들였다.

이로써 동북아시아에서 미국의 영향력은 다시 한번 굳어졌고, 트럼프는 자랑스럽게 전 세계에 그 승리를 알렸다.

그간 끊임없이 협상과 군사적 압박을 병행해 온 미국은 중국의 항복을 받아내며, 동아시아의 판도를 다시 그려나가고 있었다.

그러나 이제, 미국은 그동안 손 놓고 있었던 북한 문제에 다시 관심을 돌리기 시작했다.

북한은 이미 중국을 전쟁으로 끌어들였고, 이제 중국과의 협상이 마무리되는 순간, 북한은 더 이상 그들에게 중요한 역할을 할 수 없다는 판단이 섰다.

트럼프는 중국과의 전쟁에서 승리했지만, 북한의 문제를 해결하지 않으면 동북아시아에서의 완전한 안정을 확립할 수 없다는 사실을 깨닫기 시작했다.

김정은은 중국과의 전면전에서 미군이 결국 승리할 거란 사실을 알고 있었다.

그와 동시에, 자신이 지금까지 미국의 손에 놀아났음을 깨달았다.

트럼프와의 밀약은 한때 유효했지만, 이제는 더 이상 중요한 카드가 되지 않았다.

트럼프는 자신을 버리고, 새로운 전선에서 승리를 거둔 후, 이제는 북한을 더 이상 외면할 수 없다는 현실을 직시하고 있었다.

김정은은 점차 불안감에 휩싸였다.

그동안 그는 미군에게 자신이 필요하다고 믿었고, 이를 통해 체제를 유지할 수 있다고 생각했다.

그러나 이제 상황은 달라졌다.

중국과의 전쟁이 끝나고, 미국은 다시 북한을 통제해야 할 시점에 이르렀다.

김정은은 그가 더 이상 협상 테이블에서 중요한 인물로 대우받지 못할 수 있다는 사실을 알게 되었다.

"미국은 이제 나를 버리고 싶어 하는 건가…."

김정은은 고개를 숙이며 중얼거렸다.

하지만 그가 느낀 불안은 아직 현실로 드러나지 않았다.

미국은 중국과의 전쟁을 마친 후, 여전히 북한의 핵무기에 관심을 두고 있었고, 북한을 어떻게 처리할지 고민하고 있었다.

이제 그들의 목적은 더 이상 북한을 단순히 통제하는 것이 아니라, 전쟁을 통해 얻은 승리를 북한에 대한 압박으로 전환하는 것이었다.

미국은 중국과의 협상이 사실상 마무리되자, 북한에 대한 새로운 전략을 세우기 시작했다.

트럼프는 이제 북한이 더 이상 자신들의 동맹이 아니라, 잠재적인 위험 요소가 될 수 있다는 점을 인식했다.

북한의 핵무기는 여전히 미국과 그 동맹국들에 큰 위협을 주고 있었고, 이 위협을 어떻게 다룰지가 미국의 중요한 정책으로 떠오른 것이다.

"중국은 이제 우리가 처리했으니, 이제 북한에 집중해야 한다."

트럼프는 백악관 회의에서 그렇게 말했다.

그의 보좌관들은 북한의 핵무기와 군사적 위협이 여전히 해결되지 않았다는 점을 상기시키며, 김정은과의 협상 가능성을 모색했다.

그러나 그들은 이미 북한에 대한 전략을 새롭게 그려나가기 시작했다.

미국은 중국을 제압했지만, 북한을 완전히 무시할 수는 없었다.

북한의 역할은 그들의 동북아시아 전략에서 여전히 중요한 위치를 차지하고 있었기 때문이다.

"우리가 지금 북한에 집중해야 하는 이유는 그들의 핵무기가 아직도 우리를 위협하고 있기 때문입니다."

한 고위 관리가 말했다.

"북한이 남한에 대규모 테러를 일으킬 가능성도 있습니다."

"그리고 우리가 만약 북한을 지금 제대로 통제하지 않으면, 그들이 다시 한번 중국과 연대하여 우리를 위협할 수 있습니다."

또 다른 관리가 덧붙였다.

미국은 북한을 완전히 통제하고, 핵무기를 포기하도록 만들겠다고 결정을 내리기에 이른다.

김정은이 핵무기를 포기하면 체제 유지는 보장하겠다고 약속하며, 이를 통해 북한의 핵무기를 제거하려는 계획을 세웠다.

그러나 이 제안은 단순한 협상이 아닌, 북한을 완전히 굴복시키는 조건이었다.

김정은은 결국 핵무기를 포기하면 체제를 유지할 수 있다는 제안을 받을 것이다.

그러나 그 제안 뒤에는 더 큰 함정이 숨어 있었다.

미국은 그가 핵무기를 포기하는 순간, 북한을 완전히 미국의 손에 넣을 수 있게 될 것이다.

2025년 10월, 김정은은 결국 미국의 제안을 받아들이기로 결심했다.

하지만 그는 마음속으로 여전히 불안함을 느끼고 있었다.

핵무기를 포기한다면, 북한의 미래는 어떻게 될 것인가? 그리고 미국은 정말로 그를 지켜줄 것인가? 김정은은 결정을 내리기 전에 비밀리에 몇 가지 준비를 시작했다.

그는 비밀리에 자신의 핵무기 몇 기를 동해로 밀어 넣기로 했다.

이 핵폭탄들은 미국에게 경고를 주기 위한 마지막 카드였다.

표식이 심어진 이 폭탄들은 만약 미국이 자신을 배신한다면, 그들에게 다시 한번 경고의 메시지를 전달할 수 있게 해줄 것이다.

김정은은 이를 통해 미국의 요구를 수용하면서도, 만약 미국이 자신을 배신할 경우, 북한의 힘을 여전히 지킬 방법을 마련해 두려 했다.

트럼프는 김정은이 핵무기를 포기한다는 결정을 내렸다는 소식을 듣고, 속으로 미소를 지었다.

이제 북한은 그들의 손아귀에 완전히 들어왔다.

하지만 트럼프는 김정은의 마지막 경고를 알지 못했다.

그가 핵무기를 포기하겠다고 했을 때, 김정은의 심리에는 여전히 대단히 위험한 요소가 숨어 있었기 때문이다.

"김정은이 결국 핵을 포기한다고?"

트럼프는 다소 놀라며 말을 꺼냈다.

"이제 우리는 북한을 완전히 통제할 수 있게 될 것이다."

그러나 트럼프의 미소 뒤에는 불안한 그림자가 드리워져 있었다.

김정은이 정말로 모든 것을 포기한 것일까, 아니면 그가 마지막까지 숨겨놓은 카드를 가지고 있는 것일까?

2025년 10월, 평양.

김정은은 미국의 요구를 수용하며, 핵무기 포기와 체제 유지를 위한 협정을 체결할 준비를 하고 있었다.

그러나 그는 여전히 마지막 카드를 숨기고 있었다.

미국은 그의 결정을 지켜보며, 그가 과연 진정으로 핵무기를 포기할지, 아니면 그동안 준비한 비장의 무기를 숨기고 있는지를 알지 못하고 있었다.

북한과 미국의 관계는 이제 새로운 국면을 맞이하고 있었다.

김정은의 마지막 카드가 언제, 어떻게 드러날지 아무도 알지 못했다.

» 마지막 만남

평양, 전쟁이 끝난 뒤.

조선노동당 중앙위원회 회의실.

창밖으로 짙은 연기가 떠다니는 평양 하늘이 보였다.

전쟁은 끝났지만, 북한 내부의 혼란은 오히려 극에 달해 있었다.

조선노동당 간부들이 모여 패전의 원인을 분석하는 긴급회의가 시작되었다.

"전쟁의 실패 원인은 분명하다."

당 정치국 위원 중 한 명이 단호하게 말했다.

"첫째, 사이버 공격과 대규모 테러 계획이 사전에 누설되었다. 테러 공격의 방법이 노출되어 남조선이 드론에 대해 대비하고 있었다. 이는 우리의 정보를 누군가 남조선에 통째로 갖다 바친 것이다. 결론적으로 남조선이 대비할 시간을 가졌고, 피해가 줄어들면서 공황 상태를 극대화하지 못했다. 둘째, 현대전에 대한 이해 부족이다. 적의 정밀 타격과 정보전 능력 앞에서 우리의 전력은 무력했다. 셋째, 내부 결속력 부족. 이번 전쟁에서 조국을 배신한 자들이 드러났다. 군 내부에서도 충성이 아닌 반란을 꾀

하는 무리가 나타나 쿠데타까지 발생했다. 넷째, 러시아의 배신. 약속했던 지원이 지켜지지 않았으며, 우리에게 필요한 군사 기술과 장비가 충분히 제공되지 않았다."

조용한 정적이 흘렀다. 김 위원장이 입을 열었다.

"조직의 힘을 다시 정비해야 한다. 남조선에 깊숙이 침투해 있는 우리 조직원들에 대해 대대적인 재평가를 해야 한다. 또한, 러시아를 상대로 새로운 공작을 전개해 우리의 약점이 그들에게 노출되지 않도록 하라. 러시아 내부에 있는 우리의 협력자들을 정밀 분석하고, 필요하면 제거하라."

북한은 패전의 원인을 내부적으로 정리하며, 곧바로 남파간첩들에 대한 대규모 검열을 시작했다. 동시에 러시아를 상대로 정보전을 확대했고, 우크라이나 전쟁에서 살아남은 군인들을 현대전 연구자로 삼아 군사 개혁에 돌입했다.

러시아, 모스크바 국립대학.

바실리는 수년간 러시아의 교수 신분을 유지하면서도 정보기관과 연결된 인물이었다.

하지만 그가 가장 경계한 것은 내부의 부패와 북한과의 은밀한 거래였다.

그는 러시아 정부가 북한과 맺은 조약이 형식적일 뿐, 실질적으로 북한을 신뢰하지 않고 있음을 알았다.

더 중요한 것은, 북한이 해킹을 통해 러시아의 군사 기밀을 지속해서 빼돌리고 있다는 사실이었다.

바실리는 러시아 정보기관에 보고서를 올렸다.

북한이 조약을 이용해 러시아의 신형 미사일 기술을 빼돌리려 했고, 이를 해킹으로 시도했다는 결정적 증거를 제시했다.

푸틴에게 직접 보고된 이 문서는 러시아가 북한을 더 이상 신뢰할 수 없는 존재로 간주하도록 만드는 계기가 되었다.

북한은 즉시 바실리의 이름을 주목했다.

그리고 그가 한국의 오은영과 접촉했다는 기록을 확보한 순간, 그녀의 운명은 결정되었다.

평양, 북한 국가보위성 비밀 감찰실.

대형 스크린에는 오은영의 활동 기록이 정리된 문서들이 떠 있었다.

그녀가 남한 내에서 정상적인 활동을 하다가 어느 순간부터 국가별 북한의 관계를 분석하는 조사 활동을 진행했으며,

바실리와 여러 차례 접촉한 흔적이 다수 발견되었다.

"우리의 정보가 남한에 누출된 경로를 추적한 결과, 오은영이 중요한 역할을 했다는 판단이 내려졌습니다. 특히 핵 관련 정보가 남한에 노출되었고, 이를 통해 우리의 핵무기 포기 여부에 대한 의문을 제기되었다는 소식통이 있었습니다. 우리는 이 정보를 제공한 인물이 오은영이라고 확신합니다. 오은영은 우리 공화국의 배신자입니다."

보위부장은 천천히 고개를 끄덕였다.

"오은영, 이 년은 배신자다. 바실리와 접촉한 것을 보면 확실

하다. 우리가 철저하게 믿고 있던 간첩이었지만, 기제는 우리 체제에 위협이 될 가능성이 크다."

암살 명령이 즉시 하달되었다.

러시아와 한국 내 간첩 조직을 동원하여 바실리와 오은영을 제거할 것.

전쟁의 폐해를 수습하기 위한 내부 숙청도 잔혹하게 이어졌다.

리주실은 조용히 모습을 감췄다.

표면상은 건강 악화, 그러나 실상은 더 깊은 곳의 판단이었다.

"그 여자의 눈빛이 너무 멀리 봤다."

누군가는 그렇게 말했다.

실패한 공작, 무너진 전선, 그리고 조직 내부의 균열.

그 책임은 리주실에게로 향했지만….

진짜 손가락질은 그녀 뒤에서 조용히 미소 짓건 존재에게 돌아가고 있었다.

'마담'…. 이름 없는 권력, 실체 없는 그림자.

리주실조차 감히 넘보지 못했던,

그리고 어쩌면 자신이 만들어 낸 존재이면서도…. 통제할 수 없었던 유일한 사람.

리주실의 보호막이 사라지자, 그림자에 칼이 들어갔다.

누구의 지시도 아니었고, 누구의 명령서도 없었다.

그러나 모두가 알고 있었다.

"이제, 너무 커져버렸다."

서울, 한강 공원.

어느 늦은 밤, 오은영은 한적한 공원 벤치에 앉아 바실리를 기다리고 있었다.

공기는 차가웠고, 도시는 전쟁의 흔적을 서서히 지우고 있었다.

바실리는 천천히 걸어왔다.

오랜만에 보는 얼굴이었지만, 그의 눈빛은 전보다 훨씬 더 경계심이 서려 있었다.

"네가 위험해."

바실리는 담배를 한 모금 빨아들였다.

"북한은 패전 이후 남파된 간첩들에 대한 대대적인 검열을 시작했어.

그리고 널 주목하고 있지."

오은영의 표정이 굳어졌다.

"어떻게 알았어?"

"내가 들은 정보에 의하면, 네가 과거 북한과의 외교 관계를 조사했던 흔적이 감지됐고, 그것 때문에 의심을 받고 있어. 거기다, 나랑 접촉한 기록도 북한이 입수했어. 우리는 이제 둘 다 목표야."

오은영은 조용히 숨을 들이마셨다. 그녀는 이미 알고 있었다.

북한이 이런 방식으로 반역자를 처리해 왔다는 것을.

하지만 직접 그 대상이 된다는 것은 또 다른 문제였다.

바실리는 일어나려고 했다.
그 순간, 그는 갑자기 휘청이며 벤치에 다시 주저앉았다.
그의 입술이 파르르 떨렸고, 눈동자가 흔들렸다.
"바실리?"
오은영이 다가가려는 순간, 그녀도 이상한 기분을 느꼈다. 목이 타들어 갔다. 가슴이 답답해졌다.
그녀는 손을 들어 보려 했지만, 힘이 빠져 쓰러졌다.
멀리서 검은 그림자가 천천히 사라졌다.
공원 벤치 위, 두 사람은 그대로 고요한 도시의 한 부분이 되었다.

거실에는 따뜻한 불빛이 켜져 있었다. 식탁 위에는 간단한 저녁이 준비되어 있었다. 오은영과 아침부터 '오늘 저녁은 꼭 같이 먹자.'라며 약속했던 터라, 이진성도 일찍 집으로 돌아왔다.
"은영아, 나 왔어."
옷를 벗어 걸면서 주방을 둘러봤다. 하지만 오은영은 보이지 않았다.
"은영아?"
거실을 둘러보고, 침실 문을 열어봤다. 텅 비어 있었다. 그는 다시 식탁으로 돌아와 휴대폰을 꺼내 그녀에게 전화를 걸었다.
'고객이 전화를 받을 수 없습니다.'

통화가 바로 끊겼다. 다시 걸었다. 여전히 같은 안내음만 들려왔다.

이진성은 테이블에 놓인 물잔을 내려다보았다. 컵에는 물이 반쯤 채워져 있었고, 옆에는 그녀가 메모를 남긴 듯한 작은 종이가 있었다.

'잠깐 다녀올게. 금방 올 거야.'

그는 종이를 들고 한동안 멍하니 서 있었다.

"도대체 어디 간 거야, 은영아."

한강 공원의 벤치 위, 오은영의 몸은 차갑게 식어 있었다.

그녀의 손은 축 늘어져 있었고, 검은 코트 자락 아래로 흩어진 핸드폰이 보였다.

그때, 고요한 밤을 깨는 듯한 전화벨 소리가 울렸다.

'은영아, 제발 좀 받아 줘.'

전화 화면에는 '이진성'이라는 이름이 떴지만, 더 이상 그녀는 전화를 받을 수 없었다.

불안한 마음에 거리를 헤매던 이진성은 한강 공원에 도착했다. 경찰차 불빛이 멀리서 반짝였고, 사람들이 웅성이는 소리가 들려왔다.

그는 무의식적으로 걸음을 옮겼다.

그러다 보았다.

벤치 위, 차가운 몸이 되어 있는 오은영을.

순간 그의 시간은 멈췄다.

"…아니야."

다리가 굳어졌다. 숨이 턱 막혔다.

천천히 그녀에게 다가갔다. 가까이 갈수록 현실이 선명해졌다.

그녀의 얼굴, 차가워진 손끝, 바닥에 떨어진 휴대폰.

그는 덜덜 떨리는 손으로 그녀의 얼굴을 감쌌다.

"은영아…."

목소리가 갈라졌다. 하지만 그녀는 아무런 대답도 하지 않았다.

그의 눈에 바닥에 떨어진 핸드폰이 들어왔다. 화면이 희미하게 빛나고 있었다.

'이진성 부재중 전화 38통'

그는 핸드폰을 집어 들었다. 그리고 그제야 깨달았다.

"그녀는 나에게 마지막으로 연락조차 하지 못한 채 떠났다."

그는 핸드폰을 부여잡은 채 그대로 주저앉았다. 어깨가 들썩였다.

목소리를 삼키려 했지만, 결국 참지 못하고 무너져 내렸다.

이제, 그는 그녀와 다시 저녁을 함께할 수 없었다.

'그림자 속 그녀가, 자신을 지우는 방법을 선택한 것일지도 모른다….'

» 새로운 시작

전쟁이 끝난 지 5개월.

북한의 대규모 테러와 기습적인 군사 도발로 한반도는 순식간에 전쟁터가 되었다.

전쟁은 예상보다 짧았지만, 그 충격은 너무나도 컸다.

서울의 도로 위에는 복구 작업을 위한 트럭들이 분주하게 움직였다.

폭격으로 무너진 건물들이 서서히 재건되었고, 한때 끊어졌던 지하철도 다시 운행을 시작했다.

그러나 사람들의 마음속에 남은 상처는 복구되지 않았다.

남한은 새로운 정부를 구성해야 했다. 전쟁 직전 계엄령이 선포되었고, 대통령의 공백이 길어지면서 임시 정부가 운영되었지만, 국민은 더 이상 불안정한 체제를 용납하지 않았다.

전쟁이 끝난 뒤, 남한은 폐허를 수습하면서 선거를 통해 새로운 정부를 구성했다.

새 정부의 최우선 과제는 전쟁의 책임을 묻고, 북한과의 협상을 통해 한반도의 미래를 정리하는 것이었다.

그리고 이제, 판문점에서 협상이 시작된다.

판문점 자유의 집 회담장.

남한 대표단과 북한 대표단이 마주 앉았다.

북한 대표 김영철이 입을 열었다.

"전쟁은 불가피한 선택이었다. 우리 공화국은 체제를 방어하기 위해 결단을 내린 것이다."

남한 대표는 조용히 웃었다.

"책임을 인정하지 않겠다는 뜻입니까?"

김영철은 고개를 저었다.

"우리도 희생이 컸소. 그러나 우리만의 잘못이 아니요. 남측도 군사적 압박을 가했으며, 국제 정세 속에서 우리를 몰아붙이지 않았소."

남한 대표단은 북한의 책임 회피를 예상하였다.

그리고 준비한 문서를 테이블 위에 올렸다.

"북한은 대한민국에 대한 군사적 도발과 민간인 학살에 대한 책임을 공식적으로 인정하고 사과한다."

김영철이 표정을 굳혔다.

"사과하라는 건가?"

이진성이 천천히 입을 열었다.

"사과 없이 협상은 없습니다."

협상장은 얼어붙었다.

북한은 쉽게 사과할 수 없다.

그러나 남한은 공식적인 책임 인정 없이는 앞으로 나아갈 수 없었다.

긴 침묵 끝에, 북한 대표단은 평양과 연락을 시도했다.

그리고 30분 후, 김영철이 다시 입을 열었다.

"우리 공화국은 전쟁의 과정에서 발생한 불행한 사건에 대해 유감을 표명하며, 남측의 피해에 대해 깊은 애도를 표한다."

완전한 사과는 아니었지만, 북한이 공식적으로 유감을 표명한 것은 역사적인 일이었다.

이진성은 조용히 고개를 끄덕였다.

이제 협상은 본론으로 들어갈 차례였다.

남한 대표단이 또 하나의 문서를 꺼냈다.

"북한의 핵무기 프로그램 검증 및 추가 폐기 절차 논의."

김영철이 눈을 가늘게 떴다.

"우리 공화국은 이미 비핵화를 선언했소."

남한 대표는 미소를 지었다.

"그렇다면 문제가 없겠군요. 우리는 자체적으로 확보한 첩보를 근거로, 동해 해역을 탐사하고 있습니다."

김영철의 표정이 굳었다.

남한은 북한이 비핵화 협상 당시 일부 핵탄두를 동해 해저에 숨겼다는 첩보를 확보하고 있었다.

미국이 이 사실을 알게 되면?

북한은 더 이상 협상 테이블에 앉아 있을 수 없을 것이다.

"동해에서 아무것도 나오지 않는다면, 우리는 북한의 완전한 비핵화를 국제 사회에 인정해 줄 것입니다."

김영철은 속으로 깊은 고민에 빠졌다.

미국이 개입할 가능성이 너무 컸다.

북한은 김정은의 승인을 받아야만 핵탄두 문제를 인정하거나 넘길 수 있었다.

"이 문제는 최고지도자 동지의 허가가 필요하다. 시간을 달라."

이진성은 천천히 말했다.

"좋습니다. 하지만 시간은 많지 않습니다."

이진성은 핵 문제뿐만 아니라 북한의 점진적 개방을 요구했다.

김영철은 즉각 반발했다.

"우리 체제를 흔들려는 의도 아닌가?"

이진성은 차분히 말했다.

"우리는 체제를 흔들려는 것이 아닙니다. 한반도의 미래를 논의하는 것입니다."

남한 대표단은 세 가지 요구를 명확히 제시했다.

첫째, 북한의 경제 개방 – 개성공단을 확장하고, 남북 간 무역을 허용.

둘째, 정보 유입 확대 – 인터넷과 외부 정보 접근을 허용.

셋째, 남한 내 간첩 철수 및 사망한 간첩들의 신상 공개 – 남한에서 활동 중이던 북한 간첩들을 철수시키고, 전쟁 중 사망한 간첩들의 신상을 공개.

김영철은 당황했다.

"이건 비핵화 협상이 아니라, 체제 전환 요구가 아닌가?"

이진성이 단호하게 말했다.

"우리는 핵 문제를 논의하는 것이 아닙니다. 전쟁을 다시 막기 위한 논의를 하는 것입니다."

북한 대표단은 또다시 평양과 연락을 시도했다.

협상이 끝난 후, 이진성은 씁쓸히 판문점 회담장을 나섰다.

북한은 핵탄두의 존재를 인정했고, 남한이 이를 인양하는 데 동의했다.

또한, 경제 개방 및 정보 유입 확대에 대해 점진적으로 논의하는 것으로 합의했다.

그러나….

이것이 과연 승리인가?

이진성은 아내 오은영의 죽음을 떠올렸다.

그녀는 결국 이 협상의 과정에서 사라져 버린 존재였다.

북한이 그녀를 죽였다는 증거는 없었다.

그러나 그는 그렇다고 믿었다.

그런데, 만약….

그녀를 죽인 것이 북한이 아니라 미국이라면?

이진성은 창밖을 바라보았다.

그 순간, 회담장 복도 끝에 기대어 선 한 남자의 실루엣이 조용히 눈에 들어왔다.

장철진이었다.

그는 말없이 담배를 꺼내 불을 붙였다.

입술에 가져다 댄 담배 끝이 살짝 떨렸다.

"마지막까지 추적했지만…. 결국 이름 하나만 남더군요."

그가 쥔 서류 봉투 안에는 한 사람의 정보가 담겨 있었다.

오은영.

하지만, 그 기록은 그들 모두가 알고 있던 오은영이 아니었다.

그녀는 단순한 간첩이 아니었다.

그녀는 리주실의 양녀로 길러졌다.

어릴 적부터 선택받은 존재로, 리주실는 자신의 모든 것을 그 아이에게 물려주었고, 결국 그녀는 '그 이상'이 되었다.

그녀의 전향을 정당화해 준 가족들의 죽음, 전사한 동생, 숙청된 아버지, 숨진 어머니….

그 모든 정보는 철저히 조작된 이야기였다.

그리고…. 그 설계자가 바로 오은영 자신이었다.

장철진은 서류봉투를 굳게 쥐었다

"말할까…? 지금 이걸, 힘들어하고 있는 선배에게…."

하지만 그 시선이 이진성의 뒷모습에 닿는 순간, 장철진은 조용히 눈을 감았다.

그의 어깨는 무너질 듯 처져 있었고, 그의 손끝은 오은영의 메모가 담긴 종이를 아직도 쥐고 있었다.

장철진은 담배를 깊게 빨아들였다.

"때론 진실을 모르는 것이 좋을수도 있지…."

그리고, 보고서를 가슴 안 깊숙이 접어 넣었다

차가운 회담장 복도를 걸어 나가며, 장철진은 조용히 중얼거렸다.
 "그녀가 무엇이었든, 선배에겐…. 영원히 '은영'이었을 테니까."

〈에필로그〉
진실의 문턱

협상이 끝난 지 한 달.

판문점에서의 협상은 마무리되었지만, 이진성의 마음은 끝내 무언가에 얽매여 있었다.

그가 지켜낸 것은 국가였다.

그러나 잃은 것은 삶의 의미였다.

그날도 마찬가지였다.

적막한 밤, 텅 빈 사무실에서 서류를 정리하던 순간.

낯선 번호가 그의 전화기를 울렸다.

그는 망설였다.

하지만 직감이 말했다.

받아야 한다고.

수화기를 들었다.

"…네, 이진성입니다."

잠시 정적이 흘렀다.

그리고 낮고 차가운 목소리가 들려왔다.

"당신은 진실을 알고 있습니까?"

진성의 손이 떨렸다.

그 목소리의 주인은 오랜 동료이자 국정원의 대공첩보과장 이석진.

그가 다시 말했다.

"조용한 곳에서 만나죠. 며칠 뒤, 장소는 문자로 보내겠습니다."

뚝.

전화는 그렇게 끊겼다.

이진성은 오랜만에 담배를 물었다.

한 모금 들이마시고, 창밖을 바라보았다.

그녀가 거기 서 있는 것만 같았다.

며칠 후, 서울 외곽.

한적한 찻집에서 두 남자가 마주 앉았다.

이석진이 담담한 얼굴로 봉투 하나를 내밀었다.

진성이 그것을 열어보았다.

안에는 두 장의 사진이 있었다.

한 장은 오은영, 그리고 그녀와 함께 발견된 바실리의 사진.

다른 한 장은…. 오스트리아의 한 골목에서 찍힌 어린 소녀.

진성의 손이 멈췄다.

이석진이 천천히 입을 열었다.

"오은영씨가 죽던 날, 아니 지금까지 당신은 그녀가 누구였는지 몰랐을 겁니다."

진성은 아무 말도 하지 않았다.

"그녀는 북한의 간첩이었어요."

그 말이 끝나기도 전에 진성의 눈빛이 변했다.

그러나 이석진은 계속 말했다.

"그녀는 간첩이 되고 싶지 않았습니다. 북한이 가족을 인질로 삼아 그녀를 조종했었죠. 아버지는 숙청당했고, 남동생은 우크라이나에서 전사했으며, 어머니마저 얼마 전 사망했습니다. 결국, 그녀가 북한에 묶일 이유는 사라졌고…."

진성은 눈을 감았다.

"그래서 그녀는 대한민국의 품으로 전향한 겁니다. 그리고 결정적인 요소는 그녀는 당신을 진심으로 사랑하고 있었어요."

숨이 막혀왔다.

그렇다면….

그녀가 했던 그 모든 행동이….

그 모든 비밀스러운 눈빛과 말 못 할 고통이.

이석진은 조용히 덧붙였다.

"북한의 대규모 테러와 사이버 공격 정보를 제공한 것도 그녀였습니다. 그녀는 대한민국을 위해 많은 걸 해주었어요. 우리는 그녀에게 국정원 정식 요원으로 일할 것을 제안했지만…. 그녀는 거부했습니다."

진성은 그 말을 듣고서야 그녀가 마지막으로 했던 말을 떠올렸다.

"진성 씨…. 그냥 평범한 삶을 살고 싶어."

그녀는 평범한 삶을 원했다.

하지만, 그런 삶은 그녀에게 허락되지 않았다.

진성의 목소리가 갈라졌다.

"... 그럼 그녀를 죽인 건 북한인가요?"

이석진은 조용히 고개를 저었다.

"확증은 없습니다. 다만, 그녀가 죽은 방식은 북한이 자주 사용하던 독극물에 의한 것이었죠."

진성은 주먹을 쥐었다.

"결국 북한이 그녀를 버린 거군."

이석진은 침묵했다.

그리고 마지막으로 한 가지 사실을 덧붙였다.

"진성 씨…. 오은영 씨가 당신에게 말하지 못한 게 하나 더 있습니다."

그는 봉투에서 작은 종이 하나를 꺼냈다.

"당신과 오은영 사이에…. 딸이 있습니다."

진성의 눈동자가 흔들렸다.

"무슨…?"

"오은영씨는 북한의 위협으로부터 보호하고자 아이를 몰래 낳았고, 아무도 모르게 위탁해 키웠습니다. 북한도, 우리도 몰랐어요."

진성은 믿을 수 없다는 표정으로 사진을 바라보았다.

사진 속 소녀.

어딘가, 오은영을 닮아 있었다.

이석진이 자리에서 일어났다.

"오스트리아, 잘츠부르크. 며칠 전, 그녀의 행적을 찾았습니다."

그는 주소가 적힌 메모를 건네며 마지막으로 말했다.

"이제, 그녀를 찾는 것은 당신의 몫입니다."

진성은 아무 말도 하지 못했다.

메모를 쥔 손이 떨렸다.

이석진이 떠나고, 그는 혼자 남아 오랫동안 그 자리에서 움직이지 않았다.

사진 속 소녀를 바라보며, 그는 조용히 흐느꼈다.

오스트리아, 잘츠부르크.

그는 아이가 있다는 곳을 찾아갔다.

눈앞에는 한 유치원이 보였다.

그곳에는 그의 딸이 있었다.

머리는 오은영을 닮았고, 눈빛은 어딘가 자신을 닮아 있었다.

진성은 멈춰 섰다.

숨이 가빠졌다.

그녀가 살아 있었다면…. 이 아이와 함께 평범한 삶을 살 수 있었을까?

그는 주머니에서 사진 한 장을 꺼냈다.

오은영의 사진.

그리고 한 걸음 내디뎠다.

아이의 앞에 다가섰다.

조심스레,

낯선 나라에서 살아온 소녀를 향해 말했다.

"...아가야."

아이의 눈이 커졌다.

진성은 손에 쥔 사진을 보여주었다.

"이 사람을 기억하니?"

아이의 표정이 바뀌었다.

그러더니…. 조용히 사진을 바라보다가, 입술을 깨물었다.

진성은 떨리는 손으로 아이를 안아 올렸다.

그리고, 오랫동안 참아왔던 눈물을 터뜨렸다.

차가운 바람이 불었다.

멀리, 마치 오은영이 보고 있는 것만 같았다.

진성은 속삭였다.

"늦어서 미안해…."

그리고 마지막으로 사진을 바라보며, 혼잣말처럼 중얼거렸다.

"...정말 네가 마담이었을까?"